追悼　石牟礼道子

毒死列島　身悶えしつつ

石牟礼道子　田中優子　高峰武　宮本成美

追悼　石牟礼道子

毒死列島　身悶えしつつ

目次

デザイン・加藤英一郎　表紙写真・宮本成美

石牟礼道子略歴

１９２７年　熊本県天草郡宮野河内村（現・天草市）に3月11日、生まれる。生後まもなく、水俣町（現・水俣市）に移る
１９５６年　水俣病公式確認
１９５８年　谷川雁らの「サークル村」に参加。文学活動を始める
１９６５年　「海と空のあいだに」を『熊本風土記』に連載開始
１９６８年　日吉フミコらと水俣病対策市民会議（後に水俣病市民会議）結成
国が水俣病を公害認定
１９６９年　水俣病第一次訴訟提起
『苦海浄土　わが水俣病』（「海と空のあいだに」〈改題〉第1部刊行〈講談社〉）
１９７３年　水俣病第一次訴訟判決（チッソの過失を認定）
１９９３年　『週刊金曜日』創刊に参加。編集委員を約1年務める（小説「天湖」を連載。後に毎日新聞社より刊行）
２００４年　「苦海浄土」三部作が完結（第一部『苦海浄土』、第二部『神々の村』、第三部『天の魚』）
新作能『不知火』の奉納公演が水俣市で開催される
２０１４年　『石牟礼道子全集』全17巻・別巻1（藤原書店）が完結
２０１８年　2月10日、逝去

（作成／編集部）

新しい雑誌に寄せられた思い

小誌立ち上げ時の編集委員でいらした石牟礼道子さん。連載コラムがあった。題字が誌面を飾ったのは二度ほど。なぜ3回目がなかったのか、経緯は知らない。「声音・姿・香り」というタイトルだった。１９９７年あたりだと思うのだが、「苦海浄土《くがいじょうど》」続編掲載の話もあった。こちらは幻で終わった。雑誌『辺境』で連載され、同誌の休刊とともに中断されていた第２部のことだったのか、それとも……といまでも気にかかっている。

93年に旗揚げされた小誌の創刊2号に寄せられた「魂ゆらぐ刻を」（２０１８年3月30日号にも再録）という文章を読むと、小誌に参加された経緯がわかる。哲学者の久野収さん（故人）からお声がかかり、和多田進初代編集長（故人）に「ただ聞いていていただくだけで、よろしいのですが」と懇願され、「聞き役ならば」と「しばしの間」引き受けられたと書かれている。熊本に移住され、石牟礼さんとお親しかった詩人の伊藤比呂美さんから、口添えをいただいたりもしたのだろうか。何人かの編集部員から漏れ聞いた話で推測すると、新しい雑誌を作ろうとする心意気に応えてくださったことだけはまちがいない。

小誌では、作家の住井すゑさんや染織家の志村ふくみさんたちと対談をしてくださった。通常の対談では事前にそれぞれの方の最新刊をお送りして準備をしていただくところを、立ち上げ時の編集部ではそんな気遣いもなく、住井さんのときは、まさにいきあたりばったり。そんななかでも石牟礼さんは的確な聞き手となり、平塚らいてうをめぐる思い出話などを交わされている。

編集委員を降りてからも、連載小説「天湖」（94年9月23日号〜96年11月22日号、後に毎日新聞社が単行本化）を小誌に執筆してくださった。ダム湖に沈んだ天底村を舞台に、躰は近代社会にいるけれども、「魂は日本人の意識の古層に属している人間たち」を描出しておられる。この時期、小誌では、川辺川ダム、八ツ場《やんば》ダム、長良川河口堰の問題など、一度決めたら止まらないダムという公共事業の問題を毎号のように取り上げていた。

今回改めて読んだ。ジャーナリズムで訴えていた建設の決定プロセスの不透明さ、中央と地方の格差、合理主義で正当化された自然破壊……などの現代社会の病理を遠景に、私たちの魂の問題が語られ、いのちと水という永遠の命題を解き明かしてくれている。普遍的な作品として今後も読み継がれるだろう。

締め切りではかなりご苦労があったようだ。熊本市内の真宗寺のお隣を仕事部屋にし、ファクスを介して送稿されたと記憶している。だが、その週の原稿が間に合わないということが度々あった。私も何度か電話を受けた。〝原稿を一生懸命に書いているのですが、どうしても間に合いません〟と、あのお声で切々と語られる。何も言えなくなってしまう。ちょうどその頃が、〝強迫的な文言をつけた水俣病の和解案を患者さんたちに押しつけられたことで無力感に苛まれながら、患者さんたちと、今後の互いの生き方について、確かめあう作業に没頭し始めていた時期〟だったことを（95年の「水俣病の政治決着」の頃）、石牟礼さんはのちに明かされている。

石牟礼さんが編集委員を降板されたのは、94年4月1日号だった。時期を切っての就任だったと和多田さんは編集後記に書かれている。この直後、編集長交代もあったので、本当のところはわからない。だが、石牟礼さんがおられる雑誌の編集部に引き寄せられたあわてんぼうの私はひどくショックを受けた。たくさんの読者の方も同じ思いでいらしたと思う。だが、私はしぶとく、その後も編集部に居残った。そのことでよかったと思えたことはもちろんいくつもある。

その一つは２００４年、石牟礼さんが書かれた新作能『不知火』の水俣奉納公演を拝見し、記事化したこと、一つは09年、田中優子さんが編集委員に就任されて、石牟礼さんのコラムに通底する（と私には思える）「音と色」という連載を始められたこと（現在は休止）、そしてもう一つは、石牟礼さんが遺された田中さんとの対談記事をこうして完全な形でブックレットとしてまとめる機会に恵まれたことだ。

関係者のみなさまに、こころからお礼を申し上げたい。

薫風が吹き抜ける２０１８年5月

『週刊金曜日』編集長　小林和子

書くことが生きる証だった石牟礼さん

高峰武

『苦海浄土　わが水俣病』などの作品で知られる作家の石牟礼道子さんが２０１８年2月10日、パーキンソン病による急性増悪《ぞうあく》のため亡くなった。昭和２（１９２７）年生まれ、90歳だった。生まれたのは3月11日。91回目の誕生日目前だったが、この日付は２０１１年に東日本大震災が起きた日として記憶されることになる。大地震、大津波、そして原発事故が重なった3・11。以後、３・11は石牟礼さんにとって、自分の誕生日というだけでない特別な日となっていた。

法名

通夜、葬儀があった熊本市東区の真宗寺。日本列島が大寒波に覆われていたころで、2月12日の葬儀の日は南国・熊本にも雪が舞った。「釋尼夢劫《しゃくにむごう》」。石牟礼さんが自分で付けていた法名だ。真宗寺との関係は後に触れるが、住職の佐藤薫人《さとうふさと》さんによると、「夢」には今生きている人と死んだ人をつなぐ場所という意味がある。「劫」はサンスクリット語の時間の単位。大きな岩が百年に一度やって来る天女が触れる羽衣で削り取られるほどの長い時間。法名に込めた意味を本人に聞くことはかなわなくなったが、「夢」は、「もう一つのこの世」などといった言葉を使った石牟礼さんらしい言葉ではあった。

石牟礼さんが亡くなって、意外なことがあった。知人がこんな便りを届けてくれたのだ。故あって約2カ月勾留された時のこと。差し入れられた『苦海浄土』を毎日毎日繰り返し読むことで、「挫《くじ》けずに闘い続けることができた」というのである。30年ほどの付き合いになるのだが、勾留されたという話も初めてで、その時自分の心を支えたのが『苦海浄土』だったというのも初めて聞く話だった。

めて思った。

「『苦海浄土』は私の聖書に等しい書物でした」ともあった。『苦海浄土』という作品の深さをあらためて思った。

渋皮煮

2017年秋のことである。

2018年春に出版予定の『8のテーマで読む水俣病』（弦書房）に収めるため、「弥勒《みろく》たちのねむり」という水俣病裁判支援ニュース『告発』に掲載された原稿の使用をお願いに行ったときのことである。「弥勒たちのねむり」は1970年11月、チッソの株主総会に乗り込む前後の水俣病患者家族の表情をとらえたものである。患者家族も若いが石牟礼さんも若い。40代前半。1969年1月に『苦海浄土　わが水俣病』を講談社から出版、存在が広く知られるようになったころだ。みずみずしく、それでいて勁《つよ》い文章。いかにも石牟礼さんらしい言葉でつづられている。

原稿の使用はすぐに承諾してくれたのだが、ここで石牟礼さんから突然、お願い事をされた。それは栗の「渋皮煮を食べたい」ということだった。熊本の地から、日本近代の禍々《まがまが》しさに立ち向かい続けた石牟礼さんだが、一方で何とも言えないチャーミングさとどこか憎めない面を持つ人であった。

ここ数年、石牟礼さんの身の回りの世話をしていた阿南満昭《あなんみつあき》さんが「ワガママ、気まぐれ大明神」という見出しで『熊本日日新聞』（18年2月21日付）に書いている追悼文の中にも、石牟礼さんの素顔がかいま見える。

「あわしま堂の栗まんじゅうが食べたいわねえ」

「そうですか」

「日赤病院の売店に売ってあります」

「は、それを買うて来いと？」

「はい」

阿南さんが日赤まで行くと目的のものはない、結局、何軒かスーパーを回ってようやく買って来たが、事のてんまつを聞いた石牟礼さんは「それはご苦労さまでしたね」という具合だった。

阿南さんは熊本大学の学生のころから石牟礼さんと交流があり、『告発』の編集も手伝い、今は「石牟礼道子資料保存会」の事務局。こうした身近さ故のエピソードである。

阿南さんの記事を読んで渋皮煮の件を思い出したのだった。私の顔を見て、前年に持って行った渋皮煮を思い出されたのだと思う。後日、パックに入れた渋皮煮を病院に持って行くと、大事そうに受け取られた。硬いものは医師から禁じられていた時期。そっと目立たないように受け取られ、そっと包まれた。時間が止まったような、実にゆっくりとした仕草であった。石牟礼さんは紙一枚でも大切にし、モノを粗末にしない人であった。

「四銃士」

半世紀にわたって水俣病事件と向き合ってきた医師の原田正純さんが12年6月、急性骨髄性白血病のため、77歳で亡くなった。その時、『週刊金曜日』（13年2月8日号）の特集「原田正純さんが水俣から見ていた世界」の中で、「一人の医師が存在したという救い」のタイトルでその足跡を紹介させてもらい、そこで水俣病事件の「四銃士」という言葉を使った。フランスの作家アレクサンドル・デュマ・ペールの作品『三銃士』にならったものだが、「四銃士」とは医師の原田正純、環境学の宇井純、写真家の桑原史成の３氏、そして作家の石牟礼道子さんである。１９６０年代、水俣病事件が水面に浮上した後、また深い底に沈んだ時期。４人はそれぞれのテーマを持って水俣で起きているただならぬ事態に向き合っていた。４人の仕事の豊かさが今、私たちが水俣病事件の実相を知る上で貴重な手がかりになっている。

その原田さんの葬儀で、石牟礼さんは車椅子からお別れの言葉を述べた。

「先生にお会いすると、医師は患者に学ばないといけないとおっしゃっていました」。こう語り始め、こんなエピソードを披露した。まだお互いに名前も知らなかったころの話である。

「集団検診で熊大の先生方が、奇病が多発していた村々の公民館に村の人たちをあつめられて調べておられましたけど、子どもたちが、ネコの子が甘えて人間のそばへやってくるような雰囲気で、原田先生にとりすがって、甘えて、顔を見上げていたりして、そういう子どもたちと原田先生は戯れていらっしゃいました。原田先生がお見えになると、そこは、原始の野原に解き放たれたような、のびのびとした温かい広々とした気持ちになるらしく、それからの長い年月、魂のやすらぎがあった日のことを覚えているのでしょう。

原田先生にお目にかかると、たいへん人間が生物として持っているのびやかな気持ちにならせていただいて、人はいかに生きるかというお手本を、いつもニコニコして、なにげないお言葉でおっしゃっていました」

花を奉る

お別れの言葉に続いて石牟礼さんが読み上げたのが「花を奉るの辞」である。少々長いが全文を掲載したい。ここには石牟礼さんが感じるコスモスと魂との交歓がある。

薫風萠《きざ》すといえども、われら人類の劫塵《こうじん》いまや累《かさ》なりて
三界《さんがい》いわん方なく昏《くら》し　まなこを沈めてわずかに日々を忍ぶに　なにに誘《いざな》わるるにや
虚空はるかに一連の花
まさに咲《ひら》かんとするを聴く
ひとひらの花弁　彼方に身じろぐを　まぼろしの如くに視《み》れば
常世《とこよ》なる仄明《ほのあか》りを　花その懐《ふところ》に抱けり
常世の仄明りとは　あかつきの野の原にゆるる蕾《つぼみ》のごとくして
世々の悲願をあらわせり
かの一輪を拝受して　寄る辺なき今日《こんにち》の魂に奉らんとす
花や何　ひとそれぞれの涙のしずくに洗われて　咲きいずるなり
花やまた何
亡き人を偲ぶよすがを探さんとするに　声に出《いだ》せぬ胸底の想いあり
そをとりて花となし　み灯りにせんとや願う
灯らんとして消ゆる言《こと》の葉といえども

いずれ冥途の風の中にて
おのおのひとりゆくときの　花あかりなるを
この世を　有縁《うえん》といい無縁ともいう　その境界にありて
ただ夢のごとくなるも花
かえりみれば　まなうらにあるものたちの御形《おんかたち》
かりそめの姿なれどもおろそかならず
ゆえにわれらこの空しきを礼拝す　然《しか》して空しとは云わず
現世《げんぜ》は　いよいよ地獄とやいわん　虚無とやいわん
ただ滅亡の世せまるを待つのみか
ここにおいて　われらなお地上にひらく
一輪の花の力を念じて合掌す

「花を奉る」は、真宗寺の親鸞聖人750年御遠忌《ごおんき》法要の際、「表白《ひょうびゃく》（仏への言葉）」として書いたものだ。真宗寺との関係について石牟礼さんを支えた思想史家の渡辺京二さんが書いている。
「一九七八年には、真宗寺の住職佐藤秀人《ひでと》氏の知遇を得、同寺脇の借家に仕事場を移した。もともと親鸞の和讃に深く心魅かれる彼女であった。真宗寺の行事のために独特の表白文『花を奉るの辞』を書いた」（『もうひとつのこの世』弦書房）
　以後、石牟礼さんは折に触れて「花を奉る」に手を入れ、書き直している。例えば、それまで「蓮沼」とあったのが、3・11、東日本大震災の後となる原田さんへの弔辞では「野の原」と変えられている、といった具合である。ここでの表記は熊本学園大学水俣学研究センターの「水俣学通信第29号原田正純追悼号」などによった。

一方の原田さんはと言えば、２００４年10月13日、水俣学講義に招いた石牟礼さんを、こんなふうに紹介している。「私が一九六〇年頃、水俣の地をうろちょろしていた頃、後からついてこられる女性がおられたんです。今で言うならストーカーですよね。（笑）われわれが患者さんの家に行くとついて来る。やはり気になりますよね、女性ですから。最初は保健婦さんかなと思っていたのですけど、非常に控え目で、しかもやさしい目で患者さんを、遠慮してちょっと戸陰から見ておられるんです。だれだろうと思っていました。それから何年か後にお会いして、石牟礼さんということが分かりました。それが出会いだったのです」（『水俣学講義第３集』、日本評論社、２００７年）

いろんな場所で出会うため、その存在は知っていたというが、名前も知らない不思議な出会い。水俣病という磁場の強さ故のことだろう。２人は熊本という土地を離れず、その磁場と終生それぞれのやり方で向き合い続けたのであった。

ノートも持たずに立ち続けた石牟礼さんが心に焼きつけた光景がその後、『苦海浄土　わが水俣病』をはじめとする一連の作品群となって結実する。

デモ隊

石牟礼道子という存在を強烈に印象付けた『苦海浄土　わが水俣病』。池澤夏樹氏が個人編集した『世界文学全集　全三〇巻』（河出書房新社）には、日本から唯一入った。

石牟礼さんを年譜的に言えば、水俣実務学校（現在の県立水俣高校）卒業後、小学校の代用教員となり、短歌を作りはじめ、中学教師の石牟礼弘さんと結婚。長男道生《みちお》さんが生まれ、やがて水俣病患者の存在を知る、ということになるが、『苦海浄土』の一部は1960年に詩人・谷川雁が主宰する『サークル村』に発表され、その後、渡辺さんが編集をしていた雑誌『熊本風土記』に「海と空のあいだに」として掲載された。渡辺さんはその成立過程の秘密をこう書いている。

「『苦海浄土』は聞き書なぞではないし、ルポルタージュですらない。それでは何かといえば、石牟礼道子の私小説である」。石牟礼さんはこう言ったという。「だって、あの人が心の中で言っていることを文字にすると、ああなるんだもの」

「いわば近代以前の自然と意識が統一された世界は、石牟礼氏が作家として外からのぞきこんだ世界ではなく、彼女自身生れた時から属している世界、いいかえれば彼女の存在そのものであった」（『もうひとつのこの世』弦書房）

『苦海浄土』の中で、忘れ難い場面がある。

1959年9月。水俣市で安保条約改定に反対するいわゆる革新団体のデモがあった。お祭りかぐらのようなプラカードを掲げた約4000人の堂々たるデモ隊である。そこに300ばかりの漁民のデモ隊が通り掛かった。うつろで、切なそうで、手にしているのは大漁旗だ。安保デモの指揮者は言う。「漁民のデモ隊が安保のデモに合流されます。このことは統一行動の運動の成果であります。拍手をもって、お迎えしましょう」

漁民デモは偶然通りかかったのだが、『苦海浄土』はこう続く。「あの時、安保デモは、『皆さん、漁民デモ隊に安保デモも合流しましょう！』とはいわなかった。水俣市の労働者、市民が、孤立の極みから歩み寄ってきた漁民たちの心情にまじわりうる唯一の切ない瞬間がやってきていたのであったのに」

言葉では「労農提携」などと叫ぶ既成革新組織だが、果たしてそこに内実はあるのか。しかも、その集団の中に「わけ知り顔の」自分も一員としていた……。相手にされない漁民たち。それはチッソだけでなく、いわゆる革新団体も一緒ではなかったか。59年、補償を求めてチッソ水俣工場前で座り込んだ水俣病患者家族。当初こそテントを貸したチッソの労働組合だったが、交渉が大詰めを迎えるころにはその返却を求めたのだった。

水俣病を生んだ側と被害者たちの間にある絶望的なまでの距離。進歩的と言われる革新陣営もその「距離」という意味では立ち位置は同じだったのだ。この構図はセピア色した過去のものではない。安保デモ隊と漁民との存在が「まじわりうる唯一の切ない瞬間」という措辞《そじ》がいかにも石牟礼さんらしい。ルポルタージュという手法では描ききれない石牟礼さんの心のつぶやき。ここに作者の視点の普遍性をみる。漁民たちが置き去りにされた深い底。『苦海浄土』はその深い底に言葉の重りを下げていく。『苦海浄土』が今も生き続ける意味の一つである。

時間

水俣病の事件史を見れば、石牟礼さんが日吉フミコさんらと水俣病対策市民会議（後に水俣病市民会議）を結成したのが68年1月のことだ。患者家族を物心両面から支援する水俣での初めての組織だった。石牟礼さんの呼び掛けに応じて、渡辺さんらが水俣病を告発する会（本田啓吉《ほんだけいきち》代表）を発足させるのが69年4月。同年6月、患者家族がチッソを相手に初めての訴訟を起こす。水俣病一次訴訟である。70年11月のチッソ株主総会。71年12月から始まる川本輝夫さんらの自主交渉。73年3月の一次訴訟判決と東京交渉。水俣病をめぐる動きが大きな渦をつくる中、石牟礼さんの姿はいつも患者家族に寄り添うような場所にあって、「水俣」を発信し続けた。支援の市民や学生が手にした「怨」ののぼりも、「死民」というゼッケンも石牟礼さんの発案だった。石牟礼さんは、問題のありかを言葉で端的に示した。

水俣病の闘いの一方で、石牟礼さんの目は遠くを見ようとしていた。

公式確認から30年に当たる1986年。比較的長いインタビューを石牟礼さんに行なった。59歳だった石牟礼さんはこんな話をした。

水俣病多発地区の水俣市茂道《もどう》。杉本栄子さんは茂道の網元の娘だったが、水俣病が栄子さん一家を暗転させる。栄子さんが裁判の原告になると地域共同体からの孤立を強いられた。

石牟礼さんはこんなエピソードを語るのである。73年の水俣病一次訴訟の判決後、栄子さんが食堂を開く。

「みんな敵と思っていたら思いもかけず注文が多かったと言うんですね。しかし、栄子さんは体が不自由で出前に行ってもチャンポンやうどんをひっくり返してしまう。謝る栄子さんに、丼に残った杯いっぱいの汁に、『うんね、こしこが（これだけが）ほしかった』と言って、金を払われるそうなんですよ」

石牟礼さんはここに、水俣病で深い亀裂が入った地域に何とか元の関係を復活させたいと思いながらも言い出せない庶民の原像を見るというのだ。石牟礼さんが一貫して追い求めたテーマは、民衆、庶民の深層にある意識であった。

それから20年後。水俣病が公式確認から50年を迎えた年に、石牟礼さんは栄子さんについて書いている。栄子さんは幾つもの言葉を織った人だった。「水俣病はのさり」「水俣病は守護神」「知らんちゅうことは、罪ぞ」。それぞれに少し説明が必要だろう。例えば「のさり」とは天からの授かり物、というほどの意味である。「知らんちゅうことは、罪ぞ」について、石牟礼さんは「現代の知性には罪の自覚がないことをこの人は見抜いたに違いない」と書く（『報道写真集「水俣病50年」』熊本日日新聞社）。

栄子さんは2008年、69歳で脳腫瘍のため亡くなったが、栄子さんが最後に到達したのは「チッソを赦《ゆる》す」という地平だった。石牟礼さんと杉本さんの歩みは同行二人《どうぎょうににん》の感もあった。

記憶

水俣病事件で語られることが多い石牟礼さんだが、見ていた世界、感じていた世界は広く、その時間軸は長かった。

1980年に出版された『西南役伝説』（朝日新聞社）は、1877年に起きた西南戦争に題材をとったものだが、本の意図についてそのあとがきでこう書いている。

「目に一丁字もない人間が、この世をどう見ているか。それが大切である。権威も肩書も地位もないただの人間が、この世の仕組みの最初のひとりであるから、と思えた。それを百年分くらい知りたい」

古老たちが語る、いわば民衆の記憶。記録ではないところが石牟礼作品のキーワードでもあろう。そこは、二項対立、二分法の世界とは対極の丸ごとの世界がある。

石牟礼さんは99年にはキリシタンの島原・天草一揆に題材をとった小説『春の城』を『アニマの鳥』（筑摩書房）と改題して出版する。天候不順が続いたにもかかわらず過酷な年貢を取り立てる一方、キリスト教を禁じた徳川幕府。これに異議を申し立て、3万人を超える人々が長崎・島原の原城に立てこもるのだが、やがて男も女も子どもも老人も皆殺しにされる。天草・宮野河内（現在の天草市河浦町）生まれの石牟礼さんにとっては原郷の物語でもある。

西南日本、中でも熊本という土地は思想的な独特の温度を持った土地である。近世の始まりで起きた島原・天草一揆。近代の黎明期に起きた西南戦争、戦後の高度成長真っただ中の水俣病事件。人々が毎日をどうやって生き、何を思ってきたか、石牟礼さんの目は、この400年を俯瞰し、そこに一本の太い棒を差すようにして見ていたように思う。

深い被写界深度、長い時間軸。石牟礼道子という存在は、この二つの視点を持った希有な人であった。今、石牟礼さんの作品群を前にして思うのは、ジャンルにとらわれない執筆活動である。俳句、短歌、小説、エッセイ、その時々の発言や記録、そして新作能。ここには、書くということが生きる証でもあった石牟礼道子という存在そのものがある。

石牟礼さんの詩集『はにかみの国』（石風社）の中に、こんなくだりがある。

「海と天とが結び合うその奥底に、私の居場所があるのだけれども、いつそこに往って座れることだろうか」

この言葉に沿って考えれば、石牟礼さんは生前も亡くなった今も、実は同じ「海と天とが結び合うその奥底に」ずっと座っているように思う。法名の「夢劫」の世界かもしれない。

私たちには、石牟礼道子という器に入れられた多くの生きた言葉が遺された。

「語り」

言葉と向き合い続けた石牟礼さんだが、その「語り」も石牟礼さんならではだった。

前記したように仕事場を置いていた熊本市の真宗寺が1984年に出した「青蘭寺覚書」という本がある。親鸞聖人750年御遠忌法要と真宗寺開山400年御遠忌を記念してまとめられたものだが、冒頭の文章を石牟礼さんは「書名について」と題し、こう書いている。「死者たちのゆくところのみか、生きながら私たちの未来はもう、自滅の渕にあるのではないか。そのような想いを抱えて、真宗寺の奥に折々ひらく、青い蘭の花と向き合っています」。タイトルにある「青蘭寺」は石牟礼さんが勝手に呼んでいる真宗寺の別称と断っているが、文書の終わりにあるのはこんな歌である。

「向きあえば仏もわれもひとりかな
ほのあかりして蘭の花咲く」

この本に石牟礼さんの「村のお寺」と題する話が収められている。

「真宗寺にご縁ができ、ご厄介になりはじめましてから、もう7年目になるかと思うんでございますけれども」。こんなふうに語り始めた石牟礼さんが紹介するのは、ある学者のアフリカでの出来事の話である。

灼熱《しゃくねつ》の大草原の夕暮れ時。沈んでいく太陽を見ていた学者が傍らを振り向くと、年とった猿が同じように夕日をじっと眺めていたという。「ある一定の時刻にお陽さまが沈んでいくのをじっと眺めているお猿さんが、何を考えているのか」

石牟礼さんの話は、「祈る」ということに収れんしていく。なにか神秘な、この世で一番神秘な美しい尊いものを拝むというか、そちらの方を向かずにはおれないということが、お猿さんの時代から存在したのではないか、そう考える石牟礼さんは「なぜ祈るか」と自問する。

その一方で、こんな話も入れていく。「人間が、あるいは1匹の猿がといってもいいんですが、1匹の魚がといってもいいんですけれども、生きている、そういう生きているものたちの魂を表現することは難しいなあと思います。魚の気持ちを言い表せといったってなかなかできないですよね」

石牟礼さんにとっては、人間も猿も魚も、つまり生きているものたちの魂が同じものとして位置付けられているのである、しかもそれをどう表現するか、それに腐心しているのである。石牟礼さんがいた場所はこんな場所であった。

話は、マレーシアに天草出身の「からゆきさん」を訪ねた時の話になっていく。「からゆきさん」とは東南アジアなどに売られた女性たちのことである。天草にも多かった。マレーシアの女性は当時85歳。だまされて売られ、15歳の時に東南アジアに行き、一度も故郷の天草に帰ったことがなかった女性。石牟礼さんが訪ねたちょうどその時に、熊本県知事から手紙が届き、その内容は、旅費はこちら（熊本）で持ちますから、帰ってきませんか、ということだったという。女性が石牟礼さんに「読んでくれ」というので読んだのだが、ベッドの上でうつむいて聞いていた老いた女性の項《うなじ》を見ながら、石牟礼さんは、15歳から85歳までの心と体に描かれた「地図と年月」を思ったのだという。

そして女性はこう言ったのだ。「最近、お寺の宗旨ば変えましたもん」。天草の念仏（仏教）から、回教、コーランに変えたというのだ。「帰ればまた宗旨替えせんばならんですもん。やっとあきらめのついたのに。もう宗旨を替えるわけにはゆきません。後生が悪うなります」

女性はそれから5年ほどして亡くなったのだが、石牟礼さんは女性が言った「後生が悪くなる」という言葉が強く心に残った。「人間の祈り」とは何か。石牟礼さんの自問は続く。「後生でしか、助かるところのない生身」。石牟礼さんが会った女性はそんな人生を送って来たのであった。

「語り」は次に水俣病の話になっていく。水俣病患者が東京のチッソ本社に行った時も、「社長さんのような偉い人ならば、私たちの気持ちが分かってくれると思ったのに、分からない。だから思わず何宗ですかと聞く。それは責めているんじゃなくて、痛切に分かりたい、学問がある人が人間の心が分からんとじゃろか、と」。ここには宗教というのがまっとうな人のよりどころになっているはずだ、という思いも込められている。

石牟礼さんの「語り」を紹介すれば、こうした要約ではなく、全文を紹介するしかないのだが、こんなふうにして石牟礼さんの「語り」は、ねじのようにゆっくり回転しながら先に進んでいくという具合なのだ。しかも最初は濃い霧の中にいきなりいざなわれたような感じなのだが、やがて霧の中から大きな全体像がくっきりと浮かび上がってくる。

「四銃士」のところでも触れたが、２００４年10月13日。石牟礼さんは、原田さんの依頼を受けて、熊本学園大学の水俣学講義に出向いた。

ここでも、石牟礼さんの話はこんなふうだった。この時の「水俣学講座」のタイトルは「風土の神々」。冒頭は、水俣の人気者だった「ヒロム兄やん」のことである。映画館の幟旗《のぼりばた》を持って行進したり、「女郎屋さんの姉様」にもてたりした「ヒロム兄やん」。以前はこんな「町のヒーロー」が地方には確かにいたものだ。そして、話は石牟礼さんが生まれ故郷の天草を訪ねた時に出合った1匹の子猫へと続く。「ヒロム兄やん」から天草の子猫。それぞれ関連も脈略もない話ではあるのだが、やがてその「語り」は水俣病問題に絞られていく。水俣という町がどうやって成り立っていたか。石牟礼さんにとって水俣病は、単層ではなく何層にも重なる水俣の地層の中で起きた出来事だった。「ヒロム兄やん」も子猫もそれぞれの層の象徴である。

石牟礼さんの「語り」は、森羅万象のそれやこれやを大きな精神の風呂敷で包み、それをろ過ではなく時間をかけて発酵させていた。そんな語りがもう聞けなくなってしまった。

古層

「水俣の古層」ということに関連することだが、水俣出身の民俗学者谷川健一さんがかつて「水俣病より水俣が大きい」と語ったことがある（『水俣病闘争　わが死民』創土社刊「水俣病問題の欠落部分」）。

当然のことだが、水俣病の発生前には水俣の長い地域の歴史がある。「水俣病の水俣」と呼ばれることに対して、水俣出身者にとっては名状しがたい思いがある。谷川さんは言う。「残酷なものがいきなり最初からあったわけじゃない。小さな町の夕焼けと朝焼けがあって、海と山があって、あたたかい雰囲気があった。小さい魚を工員がはらわたを出して料理している風景が、たえず小川のほとりで見られた。何か手ざわりのあるものがあったのが、そこで一転したみたいなところが、ぼくたちにとっての水俣病にはあるんです。（中略）ゆるやかな裾野みたいな生活があって、牧歌的なものの中に、反牧歌的なものが突然爆弾のように投げ込まれたのが水俣病なんですね」

谷川さんの話は、水俣と天草、長崎、沖縄との交流を紹介しながら、万葉の時代へとさかのぼっていく。そしてこう言うのである。「たとえば、カンバスをまっ黒く塗りたくり、題して『水俣』だと言って展覧会に出せばそれで通るようなものですね。しかし、その黒の下には何が塗られているかということです。そこが問題だと思います」

谷川4兄弟という言い方をする時がある。水俣市の眼科医のもとに生まれた4人の兄弟のことである。長男が健一、次男が詩人の谷川巌（雁）、三男が東洋史研究家の道雄、四男が日本エディタースクールを創設した公彦の4人である。4人とも既に鬼籍に入ったが、石牟礼さんは谷川雁さんが組織した「サークル村」に参加していた時期もあり、大きな影響を受けている。また明治、大正、昭和を通じての言論人である徳富蘇峰と弟で作家の徳冨蘆花の兄弟も水俣の風土から育っている。

水俣病問題は環境破壊、健康破壊という側面だけからとらえると、両手から砂がこぼれ落ちるような具合に問題の核心が見えなくなってしまうところがある。石牟礼さんの眼差しの先には「塗り込められた水俣」があった。

心耳

石牟礼さんのお別れの会は、誕生日の3月11日には東京・早稲田で「石牟礼道子の宇宙《コスモス》」（藤原書店主催）、4月15日には東京・有楽町で「石牟礼道子さんを送る」（水俣フォーラム主催）が開かれ、それぞれゆかりの人が石牟礼さんを偲んだ。

有楽町の「石牟礼道子さんを送る」の会場には開会前に皇后さまが会場を訪れ、献花した。石牟礼さんとの交流は高山文彦氏の『ふたり　皇后美智子と石牟礼道子』（講談社）に詳しい。鶴見和子さんをしのぶ「山百合忌」での出会いから始まった交流だが、石牟礼さんが、水俣にお越しの節は胎児性患者の人たちとも会ってほしい、そんな手紙を送ったのがきっかけで、「全国豊かな海づくり大会」のため２０１３年に水俣を訪れた際、胎児性患者と面会されたのだった。

胎児性患者と会い、水俣病患者の話を聞いた天皇陛下はその場でこんな言葉を述べた。「本当に、お気持ちを察するに余りあると思っています。真実に生きることができる社会をみんなで作っていきたいものだとあらためて思いました。本当にさまざまな思いを込めて、この年まで過ごしていらしたということに深く思いを致します。今後の日本が、自分が正しくあることができる社会になっていく、そうなればと、みんながその方向に進んでいくことを願っています」。事前の準備のない、予定外の言葉であった。

水俣を離れ、熊本空港から帰京する二人を、石牟礼さんは熊本空港に駆け付け、車椅子から見送ったのだった。皇后さまの「石牟礼道子さんを送る」の会場訪問にはこんな前史があった。

石牟礼さんの長男・道生さんによれば、皇后さまは式場中央に飾られた石牟礼さんの遺影をじっと見つめて「よい写真ですね」とつぶやかれ、「このたびは誠に残念なことでございました。大切な方を、日本の宝をなくしました」と話されたという。道生さんが「母が水俣病の患者さんに会ってやってくださいませんかとお手紙や直接お願いをしたら本当に水俣まで来てくださって有り難いことでした」と答えると、「鶴見和子さんの七回忌に山の上ホテルでお会いしたのが初めてのお付き合いでしたのよ。お母さまは慈しみのお心の深い方でした。お力を落としなされませぬように」などと話されたという。

２０１８年3月24日、石牟礼さんの古里・水俣市のもやい館では「石牟礼道子さん　おくりびとの集い」が開かれた。患者の浜元二徳《はまもとつぎのり》さん、上村好男さん、緒方正人さんらが呼び掛け、約２００人が集った。「本願の会」の金刺潤平さんが撮影した微笑む石牟礼さんの遺影の両脇には、石牟礼さんが好きだった桜と椿の花。それに、和紙職人である金刺さんが漉《す》いた和紙に石牟礼さんが書いた「いのちを荘厳する」という詩が飾られた。それはこんな詩である。

生まれたばかりのみどり児が
夢みて笑まう　仏さまとでも
笑みを交わして
いるかのように
おなじ赤児が母のふところで
身をふるわせて泣くのは

『石牟礼道子さん　おくりびとの集い』でそれぞれ思いを語る胎児性水俣病の患者たち。
（2018年3月24日、水俣市もやい館）

どうしたことか
この世の深淵に　ひとり　落ちて
ゆくようなその泣き声に
誰もただ　おろおろするばかりである
遠いかの日之咲まいを持っているがゆえに
われわれは　自他の
いのちを
荘厳することができる

石牟礼道子

「集い」では、全員で黙とうした後、それぞれがお別れの言葉を述べたが、話を聞いていると、石牟礼さんの言葉を水俣の人たちが心の中で大切に受け止めていたことが分かる。水俣市立水俣病資料館語り部の会会長の緒方正実さんは「石牟礼さんに正直に生きることの大切さを教えてもらい、自分の存在そのものを取り戻すことができた」と語った。

坂本しのぶさんら胎児性患者も思い思いに石牟礼さんを追悼した。胎児性患者の発言には説明役がつくことが多いのだが、この日は「あえてしません」と金刺さん。搾り出すような発言もあれば、マイクを持ったままの無言もあった。その一つ一つの言葉や動作を、参加者全員が「心耳」で聞きながら石牟礼さんに思いをはせる、そんな感じだった。

石牟礼さんに関係する映像作品なども鑑賞した。「日本の黒い水　浪曲　真山一郎」「ＲＫＢ毎日放送『苦海浄土』」「みなまた海のこえ」「新作能　『不知火』」「海霊の宮　金大尉」では心象風景のような自然の中に石牟礼さんの「語り」が加わり、さながら石牟礼さんの「気配」が会場を覆うようでもあった。

葬儀があった2月12日には熊本でも雪が舞ったが、「おくりびとの集い」の3月24日は会場のもやい館前の水俣川の桜は満開、魂がふわりと浮くような白さだった。そしてこの稿を書いているころには、水俣川にはこいのぼりが泳いでいる。季節は確かに回っている。

石牟礼さんにこんな句がある。

「さくらさくらわが不知火はひかり凪」

本稿は『週刊金曜日』（2018年3月30日号）の「石牟礼道子さんが見ていた世界」に加筆をしたものです。

高峰武（たかみね　たけし）・熊本日日新聞社論説顧問。著書に『8のテーマで読む水俣病』（弦書房）、『水俣病を知っていますか』（岩波ブックレット）など。編書に『水俣病小史』（熊本日日新聞社）。

近代的自我から生命の共同体へ

石牟礼道子　田中優子

対談❶

死化粧して入った三里塚の穴

田中　石牟礼さんに、友人が作ったお茶を唐桟《とうざん》に包んで差し上げたくて。布は館山《たてやま》唐桟です。それに、お茶ならばきっとお召しあがると思いまして。

石牟礼　まあ、お茶は大好きなんです。唐桟というのはこの生地でしたか。粋な縞ですね。素敵なお召しもので。きょうは和服でいらっしゃるか洋服でいらっしゃるか、楽しみにしておりました。

田中　ありがとうございます。

石牟礼　人様のお話を聞くときは、なるべく近づきたいと思っているので、呼吸を合わせるために力が入ってしまって、汗びっしょりになってしまいます。

田中　そうだと思います。石牟礼さんがお書きになるものは人様の声を聞かないと書けないものばかりですものね。

石牟礼　あまりよくない癖かもしれません。

田中　私はお茶屋の女将《おかみ》だった祖母に育てられました。祖母のところには芸者さんもずいぶん訪れていました。私の着物の着方は祖母の着方なんです。祖母は私が7歳のころに亡くなったのですが、狭い家なので、同じ布団で一緒に寝ていましたから、祖母の記憶はずっと残っていました。いつのまにか着物を着るようになって着方がそっくりになり、なにか生き方まで似てきてしまいました。

祖母は一度も結婚をしたことがないんです。でも子どもがいたから私がいるわけですが、一人で働いて生きていたというところも似てきてしまいました。

私は今年60歳になりますが、石牟礼さんのご著書と巡りあったのは18歳、大学1年生のときでした。『苦海浄土』です。

その年、法政大学文学部日本文学科に入学したんです。面白い先生がたくさんいらっしゃったのですが、古代文学研究者の益田勝実先生という方がいました。『古事記』や『源氏物語』や民俗学の研究をしている先生です。その益田先生が授業のときに『苦海浄土』の一節を朗読してくださったのです。1970年ですので、『苦海浄土』は前年に出たばかり。

このような文学があるのかと。文学を学ぼうと思って文学部に入ったわけですけれど、入った最初の年に、それまで持っていた文学に対する考え方が大きく変わってしまいました。私にとって、石牟礼さんは、それ以来の大切なかたなのです。42年間、ずっと想いつづけてきました。それだけ石牟礼さんは私にとって大事な方です。今日ようやくお目にかかれました。

石牟礼　まあ、それは恐縮でございます。そんなにおっしゃると身が竦《すく》みます。

田中　私は横浜で生まれ育ちましたから、水俣の、本当のことが分かるのだろうかということがあって、石牟礼さんにお目にかかるのが怖くて遠慮してきたところがあります。

石牟礼　ちっとも怖くないでしょう（笑）。

田中　怖くないです（笑）。

石牟礼　普段から、抜けに抜けていて。抜けている世界をどう言えばいいのだろうと思って、今は、なにか良い言葉は見つからないかなと思っています。

魂が、しょっちゅう行方不明になるんです。元の自分というのが分からなくて、元の自分に帰りたいのですけれど、元の自分とはどういう自分だろうと思いましてね。いまも魂探しをしているんです。

そうすると、やっぱり古事記以前の、もっと野性的な、名前も持たない、付けてもらえない、そういう人種だろうと思っておりますけれど……それで困っているんです。

田中　困っていらっしゃる。

石牟礼　ええ。自分がいるところが分からないんです。

詩編『苦海浄土』というテレビの、台本を書きましてね。『苦海浄土』をもういっぺん遡ろうと思ったのですが、足利銅山の鉱毒事件にぶつかりまして、明治23（1890）年に、田中正造という人が天皇に直訴しようと思って行動をおこしましたね。それで「狂人」だと言われました。

渡良瀬川の下流の土地は鉱毒でダメになって、人は住めない、畑も鉱毒でダメになっていて、犬、猫もあまり近寄らないような川岸になってしまいました。そういうことが分かって、行ってみようと思ったんです。

ところが汽車の切符は買い間違えるし、そこだと思って行ってみたら、違うところだったり。それでもたどり着きました、足尾の上流に。両岸ともダメになって、住民たちがいなくなったのに、谷中村に16軒が残ったそうで、そこへも行ってみました。途中が大変でした。迷いに迷って。帰りに東京に寄ろうと思って、東京で降りたつもりでしたけど、果たしてそこが東京であったのか今もって分からない。

車中の人がいっせいに立って降り始めたので、「これは東京に違いない」と思い込んで、降りました。切符はしっかり握りしめていました。人がたくさん並んでいて、駅員さんに切符を渡したのですが、駅員さんが私の顔を眺めて「どこから来たか」とおっしゃる。どこからといったって、何て言えばいいんだろう、足尾からと言ってもこの人に分かるだろうか。それで渡良瀬川の上流からと言おうとしたのですが、言いかけて途中でやめて、ままよ、熊本県から来たと言った方がいいのかなと思いました。そこで水俣から来たと言うべきだと考えついたんです。だけど当時の水俣ってまだ誰も知らないですよね。

自分でも混乱してきましてね、それで「あっちから！」と言ったんです。するとその人が、あっちの方に立っている駅員さんを手招きして、「この人の言うことがよく分からない」と言って、手をくるくる耳の上で回して、それが「くるくるぱー」と言っているのだと、私にも分かりました。「とにかくその切符を出しなさい」と言われたのですが。あれはどこの駅だったのでしょうね。足尾で乗った駅の名を思い出せないんです。

田中　足尾という駅ではなかったのでしょうね、きっと。

石牟礼　違ったらしい。降りたところも、違ったらしい。

田中　東京ではなかった……。

石牟礼　どこだったのでしょう。人がいっぱいいました。こう、くるくるぱーをされて、「もういいから行きなさい。切符を出しなさい」と言われて。無罪放免になりました。キセルではないことは分かったのでしょう。

田中　渡良瀬川をご覧になって、田中正造についてもお書きになっていますね。

石牟礼　渡良瀬川のことはしっかり見て帰ったんです。

田中　石牟礼さんは田中正造のこともお書きになっているし、三里塚のこともお書きになっていますね。

石牟礼　三里塚にも行ったんです。

田中　やっぱりいらっしゃってたんですか。ちょうど強制代執行のあたりでしょうか。

石牟礼　そうだと思います。三里塚の若者たちが穴を掘っているのを見て、私ももぐりたいと思ったんです。そうしたら「あぶないから行かん方がいい」とおっしゃいましたけれども、遮二無二行くと言ったら、仕方がないとなって行けることになりました。ひょっとしたら崩壊して、ここで死ぬかもしれないと思いましたので、身綺麗にして。

田中　綺麗にしてお入りになった。

石牟礼　死に化粧。オーバーですよね（笑）。それが評判になったらしく、石牟礼さんという人が来てお化粧して……。

田中　穴に入った？（笑）。

石牟礼　入っていったって（笑）。三里塚の青年が、後でそうおっしゃっていました。お化粧しているところを若者に見られてしまって、恥ずかしかったです。でも、無事に出てこられてよかったよかったと。

田中　いろんなところに行っていらっしゃるんですね。沖縄にも。

石牟礼　久高島《くだかじま》に行きました。色川大吉先生に教えられて、最後のイザイホーを見にいきました。これは行かなくてはと思いまして。

田中　石牟礼さんが行かれるところは私と重なっていますね。水俣も三里塚も沖縄も、すべて。

石牟礼　時代の情況というのか……。

田中　近代とは何なのか、それが見えてしまうような場所ばかりです。

無花果の木をめぐる思い出

石牟礼　近代とは何か、ずーっと考えてきました。今も思っています。

田中　私もそうなのです。そういうのが見える場所ってあると思うのですが、本当は、小さな、誰も知らない場所でも見えることというのがあります。

昨年の3月13日、渡辺京二さんと横浜で対談しました。その2日前が3月11日でした。

石牟礼　東日本大震災が起きた日ですね。

田中　はい。私はちょうど3月11日、自分が生まれた家にいたんです。母がその家を貸していまして、その借りていた人が出ちゃったものだから私が借りることになりました。それで荷物を運ぶために3月11日に運びこんでいたんです。その時、「明後日、渡辺さんに会うなあ」と思いながら、石牟礼さんのことを考えていたら、『天湖』を思い出しました。湖の中に、村だけでなく大きな木が沈んでますでしょう。

石牟礼　桜の木が。

田中　桜の木が。私のその家は、私が寝ていた部屋の下に無花果《いちじく》の木の根っこがあったのです。アコウの木は、無花果の木と似ているそうです。

石牟礼　アコウの木には小さな無花果に似た実がびっしり付いています。

田中　やっぱりそうですか。

石牟礼　とっても小さな実です。木によってはびっしり付いています。

田中　石牟礼さんはアコウの木のことを書いていらして、そういえばあの無花果の木も似ているなあと思っていました。

その無花果について思い出があるのです。私の家は横浜の下町の長屋です。貧しい地域で、そこで生まれ育ちました。家の前には空き地がありまして、そこに無花果がありました。小さい頃からそこに登って、随分仲良く親しくしていました。ところがそこに新しい家を建てることになりました。それでその無花果の木を切ったんです。

石牟礼　あらあ。

田中　その時のことが忘れられないのです。無花果の木を切ったその空き地に2階建ての家が建って、そこが私の勉強部屋になりました。その時に「これは、何だか変だな」と思いました。自分の中で、何かとても大切なものが失われて、その代わりに勉強部屋を得た。といっても勉強部屋は私にとってあまり大事なものじゃないし。大事なものと引き替えに、私は何を得たのか分からなくなったんです。

2階の部屋から、遠くに一本の木が見えました。それから毎日その木を見るようになりました。失われたものが遠くにいっちゃって、それを私は外から、遠くから、見るだけの人間になっちゃったんだという気がしました。

12歳の頃でしたから、まだ言葉にはできませんでした。でも、そのことをずっと忘れずに、大人になってから、そういうことだったんだなと思うようになりました。

そして3月11日、その家にいたのです。『天湖』という作品は、この下にある木なんだと。それも私にとって「近代とは何か」という体験だったんじゃないかと思うんです。

石牟礼　無花果の木については、私も思い出があります。水俣の栄町にいたころ、隣の家が染め屋さんでした。その隣が鍛冶屋さん。

栄町の通りは、両方とも裏が田んぼでございました。一本の道が通ると、最初にできたのは女郎屋さんでした。港に、チッソから出す製品を積んでいく外国船が泊まると、船員たちが女郎屋さんに来るんですって。

飲食店もできましたが、飲食店というのは屋号です。酒屋さん、これも屋号。お店は、名字なんかは言わずに、売っている品物の名前でお店を言いました。紙屋さん、米屋さん、煙草屋さん、髪結い屋さん、これは女郎屋さんと関係があったのでしょうね。学校道具屋、そして会社行きさんという家もできる。

染め屋さんは熊本流れの人で、そこで私も強烈な熊本弁、土着的な熊本弁を覚えました。その隣が鍛冶屋さんで、鍛冶屋のおじさんはいつも焼酎を飲んで、顔を赤くして上半身裸で、顔だけでなく身体も真っ赤でした。その鍛冶屋さんの裏庭に無花果の木が一本あったんです。

家の人にとっては珍しくないのでしょうが、私にとっては大変珍しいものでした。ときどき実が落ちているんです。その無花果が欲しくて、そばにいざって行って（かがんで）拾いたい。けれどもよそ様の庭のものですから、拾えない。すると蟻たちがいっぱい、四方八方から行列をつくって無花果の頭の割れめの中へ入っていくんです。

何百匹もの蟻が集まってきて、無花果の実を運んでいくんですね。上から見ると、無花果の実が静かに動いている。もうそれが欲しくて欲しくて、それでおばさんに言おうかな、無花果の実が欲しいって言おうかなと思うんです。

鍛冶屋のおばさんはとってもいい人でした。おじさんはいつも焼酎を飲んでいて、無上のお人よしさんで、おばさんの姿は今でも目に浮かびます。いつも色のあせた木綿縞を着て、破れたところには他の布で継ぎ当てをして、そういう粗末な着物を着ていらっしゃるのですが、佇まいが上品でしてね。襖《ふすま》をこうあけて、「おばちゃんこんにちは」と私が言うと、「ああ道子しゃん、ようおいでましたなあ」と、とても慎ましくやさしい声音《こわね》で庭に入れてくださる。

それでも「この無花果がほしい」と言えませんでね。蟻と無花果とおばさんを見比べて（笑）。とうとう無花果をもらうのですが、でも中にはわーんと蟻たちが入っていて、これじゃあ口じゅう嚙みつかれると思って。草やぶの中に捨てましたが、あの無花果、さぞ美味しかったろうなと。

そこにはお兄ちゃんがいて、このお兄ちゃんはウナギ捕りの名人でした。今思えば、ウナギのいるというその溝《どぶ》はチッソの排水溝です。その溝に行って、そこから捕ってくると言っていました。ウナギやドジョウをたくさん捕ってきて、バケツをどしんと鍛冶屋の前に置くんです。それをさばくのは、いつも焼酎を飲んでいるおじさんの役目でした。

ウナギを乾いた布巾でつかまえようとする。ウナギは表の方まで逃げてゆく。そのウナギを追っかけておじさんが表の道へ出なさる。

港に上がったお客さんが乗ってる馬車が鍛冶屋の前を通りかかります。すると、ウナギを追っかけているおじさんと会う。馬がびっくりして立ち止まるんです。ヒヒーンって足を上げて（笑）。そうすると馬車が止まりますよね。

道を通っている人たちが、なんだなんだと集まってくる。おじさんがウナギを追っかけている。お兄ちゃんが捕ってきたウナギのために、鍛冶屋の前に人だかりができるんです。そういう道で、私は無花果のことを思っていました。

田中　石牟礼さんの話は一つひとつ面白いですね（笑）。

石牟礼　そうですか（笑）。

深刻な状況で際立つ人間の面白さ

田中　私は『苦海浄土』第三部の、患者さんたちがチッソ本社に泊まりこんでいる話が好きなんです。最初は第一部が好きだったのですが、後から第三部がとても好きになりました。なぜかというと、すごく面白い。

石牟礼　出てくる人たちが面白いでしょうか。

田中　本当に落語みたいで。笑っちゃうんです。ああいう状況なのに、一人ひとりがなんだか楽しい人たちで、笑っちゃうんです。

石牟礼　あそこあたりでしょうか、ご詠歌の話は、第何部でしたか。

田中　ご詠歌の先生はしょっちゅう出していらっしゃいます。それから、社長室もないって言っていたのに、あったよねっていう。ガラスをこうやって壊して、中を見ると沢山の人がいたりする。あのへんのやりとりがすごく面白いですよね。

石牟礼　人間というのは面白いですよね。

田中　ああいう状況のことですから面白いって言っていいのかなという気もしますが……。

石牟礼　面白かったですよ。とても楽しみました。

田中　『春の城』という小説、チッソの東京本社にいらした頃に思いついたと。そうなのですか。

石牟礼　そうなのです。

田中　『春の城』も何だか楽しんじゃったんです。

石牟礼　楽しんでいただければ本望でございます。

田中　女の人たちがお城の中で、生き物の噂をしたり動物の話をしたり植物の話をしたりしていますでしょう。籠城しているわけですから、状況としてはすごく深刻ですね。その直後に全滅するわけですし。

　天草の一揆をああいう風に書いた人っていないんじゃないかと思うんです。籠城している人たちがどんな毎日を過ごしていたか、どういう日常を過ごしていたかということを私は考えたことがなかった。人間の面白さですね。

石牟礼　面白いですね。チッソの株主総会に行きました時に、ご詠歌の稽古をおばあちゃんたちがなさるんですけれど、「人のこの世はながくして　変わらぬ春を思えども　はかなき夢となりにけり」と歌わなきゃならないところを、おばあちゃんたちは必ず「はかなき恋となりにけり」と間違えてしまう（笑）。

田中　あれも面白かった（笑）。

石牟礼　わざとのように間違えるんです。「はかなき恋になりにけり」って。おばあちゃんたちは風呂を焚きながら、「なぜか、はかなき恋になっとじゃもんな」っておっしゃるんです（笑）。

　こういう風にふざけるのは、自己保護のためなんです。ご詠歌のお師匠さんが「芯から馬鹿じゃなかっじゃもんな。馬鹿を作っとっとじゃもんな」って。「これにゃあ手も足も出せんばい」っておっしゃっていました。おばあちゃんたちは馬鹿を作っている、馬鹿の真似をしてるって。本当の馬鹿ならば怒りようもあるばってん、「わざと馬鹿のふりをしているから文句のつけようがわからん」。説教する方の立場もよう分かっている。だから、あまり絶望的にならない。徹底的に憎み合うようにならないよう、わずかに身をかわしながら、面白い方にもっていく。自己演出、集団的な演出をお互いにやっているんです。

チッソの株主総会でも、おばあちゃんたちは私語をささやいていました。「あの家の若いもんと、どこどこの娘は仲良うなっとっとばい」って（笑）。それも、議事が進行しないようにです。

お師匠さんが「これにゃあ困るばい。叶わん。どげんしようか」っておっしゃっていました。でも本番のときは「はかなき夢となりにけり」って、ちゃんと歌うんです。

田中　本番のときは、ちゃんとお歌いになる。

石牟礼　そのお師匠さんの娘で実子《じつこ》ちゃんという、絹糸のような涎を垂らしながら、いつも震えている娘さんがいらして。もう60歳近くなっていますが、（お師匠さんが、）「いまは逆世の世の中。逆世の実りをもらって生まれてきた子だから、実子という名前をつけました」って。「逆世の実り」とおっしゃるんです。そうとう知能程度が高い。為政者はそれを知らない。評論家たちも知らない。

そういう馬鹿をつくる人たちのことを、何と呼ぶのが相応しいでしょうか。常民という言葉がありますし、民衆という言葉もありますが、何か良い言葉はないでしょうか。

田中　庶民というのも変だし。

石牟礼　大衆というのも変ですね。

田中　「ひと」というしかないんじゃないでしょうか。

石牟礼　ひと。そうですね。

田中　田中実子さんのお家にも参りました。胎児性患者の世代は、私と同じ世代なんです。『苦海浄土』を最初に拝読したとき、「私はこういう時代に生まれたんだ」と思いました。地球上でほんの少し場所が違っていれば、私だったかもしれない。

私は大学の教師になってから、『苦海浄土』を教室で朗読するようになりました。

石牟礼　ありがとうございます。

田中　ただし、私は熊本や水俣の言葉をまったく知らないで朗読していますから、きちんと話せているか、とても不安でした。

石牟礼　けっこうでございます。

田中　今年5月に「水俣フォーラム」の講演会に出させていただいて、そのときも朗読してみたんです。

そのとき杉本雄《たけし》さんと、ご長男の肇さんが会場にいらしていて、後で肇さんに「東京の人ってあんな風に朗読するんですね」って笑われてしまいました（笑）。きっとぜんぜん違うんだろうなって。

石牟礼　いえ、思いがけないです。いろんな読み方があっていいと思います。その方が広がりますよね。本当にありがたいことです。

田中　『苦海浄土』は、声を通して入ってくる言葉だと思うんです。チッソの株主総会のときに、皆さんで巡礼の衣装を着られてご詠歌を歌いながら舞台に上がりますね。映像で拝見しましたが、大変な迫力でした。これは社長さん怖かっただろうなと思ったんです。

石牟礼　江頭社長さんに詰め寄った浜元フミヨさんは、「わたしはおなごじゃったばってん、男になったぞ、男から鬼になったぞ」とおっしゃってました。

田中　でも石牟礼さんは「みんな哀しくて、やさしい顔をしてる」とお書きになっている。映像だと皆さんがどんなお顔をなさっているのか見えないのです。だから皆さん、怖い顔をしていらっしゃると思っていました。怒りの表情だと。全然ちがったのですね。

石牟礼　はい。患者さんたちは、チッソの偉い人にお願いにいくとおっしゃっていましてね。抗議しにいく、という言葉ではなくて、偉い人にお願いにいくんだと。チッソにも偉い人がいらっしゃるにちがいないって。偉い人というのは社会的に地位が高い人という意味もあるのですが、自分たちの気持ちを分かってくださる人が偉い人。そういう人がこの世にいたら、そのひとが一番偉い人。

田中　チッソの人たちは分かってくれるはずだと。

石牟礼　はい。

田中　でも分かってくれない。ますます分かってくれなくなっています。

石牟礼　はい。

田中　先日、石牟礼さんはテレビで「徳義」ということをおっしゃっていたと思います。この国が徳義というものを考えてこなかった。徳義と一緒に成長してこなかったと。徳というものが、みんなの頭の中から抜け落ちていた。近代とはそういう時代ではないかと思うんです。

石牟礼　そういう時代だと思いますね。

「草によろしう言うて下さいませ」

田中　私自身も、自分の生活の中で「何か変だな」と思うことがあったので、たぶん私だけではなく

多くの人がそう感じてきたのではないかと思うのです。それを感じながらも、経済発展だという風になり、どんどんその道を進んできてしまった。

自分の中に持っていたはずのものを、どこかに置きっぱなしにして歩んできたんじゃないかという気がしてならないんです。どうして江戸時代のことをやろうと思ったのかを考えてみても、何かそういうことが私の中に引っかかっているのではないかと思うんです。

祖母のことを考えるというのは、お茶屋のことではなく芸者の世界であり、色町の世界であり、それが全部つながっていました。母は父がいない状況で育ちましたからずいぶん差別を受けてきました。そういうものも私の中に入っています。

石牟礼さんの著書に出会ったのは私が江戸に出会う前です。自分の中に体験と言葉とがいくつも重なってきて、それで江戸時代を選んだような気がするのです。

大学時代、自分がやろうとしている近代文学って何か違うんじゃないかなと、大学生の頃に思いはじめました。そういう時期に出会ったのが江戸文学でした。近代の文学は自我の文学と言われていたのですが、なんだかすごくつまらなく思えてきたのです。

江戸時代に出会ったとき、私がまったく知らない、私の価値観の中にはまったくなかったものがこの時代にはあったのだと思いました。

自分の研究していることって、自分の中に必ず理由があるのだなと思うようになりました。今でも、どこかに置き忘れてきたものを取り戻している最中という気がします。

石牟礼　近代的な自我というのを言うようになってから、自我を言い立てるあまり、人のことを考えなくなりましたね。

田中　そうなんです。周りが見えなくなる。

石牟礼　とくに女性は、近代以前は悲惨なことがたくさんありましたから。農村に嫁いだ方などは大変な苦労をしております。

だけど、近代的自我などと言い出す層は「学校組」と言われておりました。学校優等生クラスが「自我」という言葉を覚えて、言うようになったのではないか。自我に相当する言葉は他にもあると思いますが。

田中　石牟礼さんのお書きになるものは「自我」の中から出てくるものではないですね。

石牟礼　自我の中からは出てこないですね。でも気持ちは分かるんです。女性は解放されなければならないとか、そういうのはよく分かる。

田中　気持ちは分かるんです。でも、女性の解放と近代的自我とは、ちょっと違う気がするんです。

私の祖母は栃木の造り酒屋の娘だったのですが、そこが駄目になってしまい、小学校の教師と一度結婚しました。その時期に平塚らいてうの『青鞜』という雑誌が出たんです。祖母は、『青鞜』を読んで栃木から出ちゃったんです。

石牟礼　「東京では新しかおなごが生まれとるばい」って、熊本の人吉あたりでも言われておりました。橋本憲三先生の青年時代に、そう言われていたそうです。新しか、おとろしかおなごがおるげなぞって。

女性解放論者の中に神近市子さんという方がおられましたね。伊藤野枝さんなどもおられましたが、神近市子さんをもじって「嚙みつこう」「いちこう」って言われよりました。「いちこう」って分かりますか。

田中　いちこうって何ですか。
石牟礼　一口に食うてしまう。
田中　おおっ（笑）。
石牟礼「一口に噛んでしまうおなごどもが、うんとおるげなぞ、東京はおとろしかばい、おとろしかおなごがおるばい」って。人吉の文化的な青年たちが、こんな話をしていたそうです。
田中　あの時代にも知識人の女性はいましたが、私の祖母は知識人でも何でもないんですね。でも東京に出てきてお茶屋の女将になった。そういう行動をとった女性は多かったと思います。
石牟礼　多かったと思いますね。平塚らいてうさんには三度ほどお会いしました。それはたおやかなお姿の和服でした。らいてうさんの自伝は高群逸枝《たかむれいつえ》さんが「私が代わりに書きます」とおっしゃってました。実現はできませんでしたが。お二人はお親しかったのですね。
田中　石牟礼さんは逸枝さんともお会いになっているんですか。
石牟礼　いえ、お会いはしていません。ですが、彼女の『女性の歴史　女性叢書』（以下、『女性の歴史』）を読んだときに感激して、すぐに手紙を書いたのです。

水俣に淇水《きすい》文庫（旧水俣市立図書館）という徳富蘇峰さんが寄贈した図書館がございました。その図書館の存在を知って、図書館通いを一時したことがありました。館長さんが気に入ってくださり、特別室にご案内いたしますとおっしゃって、図書館の2階だったでしょうか、連れていってくださいました。

これは作り話のように聞こえるかもしれませんが、ある本の上に、光の輪が見えるんですよ。夕陽の加減で、光の輪に見えるんだろうなと思って近寄ってみたら『女性の歴史』でした。たいへん神秘な感じがいたしました。この本で、女性の差別の問題などを捉えることができました。もう体験的に分かっていたこともありましたが。

「おなごのくせに」とよく言われておりましたね。「おなごのくせに朝から新聞を読んで」とか。「おなごのくせに、洗濯をするとき地べたに腰をつけてする」とか。中かがみでなければならないというわけです。「おなごは嫁御にきたからには10人分のおかわりを盛って、真っ先に食べあげにゃならん」って。食べる暇はないですよね。

田中　辛いですね。

石牟礼　辛いですよ。なんにつけかんにつけ「おなごのくせに」と言われるわけです。私だけではありません。お嫁にいった先ではみんな言われておりました。

そういうことがありましたので、『女性の歴史』を読んだときは一度に救済されたような気がしました。お日様の丸い光が導いてくれたんです。それで読後感を綿々と手紙に書いて、逸枝さんに出したのです。

田中　石牟礼さんにはそういう出会いがありながらも、女性解放運動をしようとか女性論を書こうとか、そういう方向には向かわなかったのですか。

石牟礼　そうですね。自分の自我を主張することで、誰かが傷つくというか、人様の自我の領域を限りなく侵してしまうのではないかという気がいたしまして。女性解放運動というよりは、新しい共同体を作るにはどうすればいいのかと、そういう方向に心が向かいました。

田中　石牟礼さんの眼差しは、自分にではなく、周りで生きている人や、動物であったり樹であったり海のものであったり、そういうところに向かっていますね。

石牟礼　共同体というのは、万物が呼吸しあっている世界だと思ってきました。
　母は百姓で、畑に麦を蒔きにいっていましたが、私はよく、母が麦を蒔くその後ろからついていっていました。母は麦を蒔きながら、踊るように歌うのです。
「だんごになってもらうとぞ　もちになってもらうとぞ　ねずみ女《じょ》にひかすんな　からす女《じょ》にもっていかるんな」って。そういう母の姿を見ていたからでしょうか、麦という言葉は、その言葉を吐いた途端、私には何か鮮烈な感覚が伴います。
　ねずみ、からすって言わないんですね。ねずみ女、からす女って言う。ミミズのことは、めめんちょろって言っていました。めめんちょろって言えばかわいいでしょ。

田中　かわいいですね。だんごになってもらうとぞっていうのも、かわいいです。

石牟礼　小豆も豆も麦も「だんごになってもらうとぞ」って。行く道々、草にもものを言っていました。

田中　麦にも草にも、ものを言うのですね。

石牟礼　はい。「おまえどもは、2、3日来んだったら、太うなったねえ」って。母が病気になって畑に行かれないとき、寄ってくれた近所の人が、「きょうは畑に行きますばってん、はるのさん、なにか言伝《ことづて》はありませんか」って聞くんです。すると母は病床から、「草によろしう言うてくださいませ」って返事するんです。
　母の言伝を預かったその人は、草によろしう言いに行かなければならない。日頃から、よろしう言わなければならないものが、身の回りにたくさんある。そういうものたちで世界は成り立っていると思いこんでいたし、今もそう思っています。

古典の言葉と水俣の言葉でできた文学

田中　自我だけじゃないのですね。

石牟礼　はい、自我だけじゃありません。

田中　自分はその中の一つでしかない。石牟礼さんがお作りになった能『不知火』の中に、その共同体の世界が面白く表現されているなと思ったのです。

　お能は普通、苦しんで亡くなった方、恨んで亡くなった方の亡霊が出てきますから、最後に僧侶がお経を上げて、往生させてあげてから静かに終わります。

　ところが『不知火』の最後は、蝶は舞うわ猫は踊るわ、いろんな生命が次から次に出てきて、亡くなった方々の魂も御坊さんも一緒に踊って、わーっと生命が集まってきて終わり、となりますね。あんなお能を拝見したのは初めてでした。

石牟礼　お能について、何にも知らないものですから（笑）。

田中　今までのお能とはまったく違うのに、でもお能なんですね。お能というのは、私たちの目には見えない世界を描くものですから、あれはやっぱりお能なんです。とても楽しいものでした。

石牟礼　まあ、そう言っていただいたのは初めてでございます。お能の業界の方は違和感をお持ちになったそうですが。

田中　お能の業界の方は確かに違和感を持つかもしれません（笑）。

石牟礼　今日も実は、お能を書いておりました。天草四郎に取り憑かれてて、原城で虐殺されたのは3万7000人といいますから。幕府も穴を掘って埋めるというわけにはいかなかったでしょうし、どういう状態だったのでしょうか。「草の砦」という題を付けました。
一時は青蠅で地面が見えなかったそうですが。

田中　青蠅で……。そうやって死体が腐っていって……。

石牟礼　野犬が死体を引きずっていく。

田中　蠅が死体を食べ、骨が朽ちていって。

石牟礼　大地にかえって、草が生えるまで、どういう日夜であったのかと思いまして。

田中　それはすごいお能ができますね。

石牟礼　天草四郎は恋をした経験がないだろうと思って。

田中　若かったから。

石牟礼　ええ。それを少年の純情な恋にするのは陳腐だなと思って、五つくらいの童女を連れてきました。

二つの作品に。ひとつは「沖宮《おきのみや》」と題をつけ、もうひとつは「草の砦」という題をつけました。戦闘の場面は書きませんでしたが、死んでいったのはどういう人たちだったのか。それは、現実の名前を持った人たちでした。3万7000人という死者は、一人ひとりは名前を持っていた。10人ばかり名前を考えまして、その中の一人にはクマンバチという名前をつけ、うちの父の名前も入れました。

田中　『春の城』の中にも、名前をもった個人が出てきますね。集団で語られてきた物語の中に、一人ひとりの登場人物が出てきています。一人ひとりがどういう体験をして、どんな風に死んでいったのか。それを死の世界からこの世に現れて語り、また戻っていくというのがお能です。個人がお能に出てくるというのは、確かにお能になるんですね。

石牟礼　有名な人物ではなく、無名だった人たちが、きちんと名前を持っていたという風に仕立てました。

四郎のお母さんは、早くに幕府軍の捕虜になるんです。それで四郎には乳母がいるのですが、乳母は四郎をかわいがりました。四郎は一度泣きはじめたらなかなか泣きやまない赤子で、そのことを乳母は「よっぽど、人間の哀しみを泣いているのだろう」と思うわけです。乳母は四郎をそう思いながら育てた。この世では、どういう御位《み》のお人になられるじゃろうかと、恐れ謹んで育てたんです。

海岸で遊んでいたときに、自分が転ぶと、四郎は幼い手をのばして「どこば怪我したかえ」と言ったエピソードを入れました。

その乳母には娘がおりました。戦は負けることが分かっていましたが、乳母は娘を天草・下島の親戚の家に預けました。その家は村長《むらおさ》でしたが乳母夫妻は死ぬんです。

下島では、戦のあと雨が降らない。雨乞いをしなければならない。人柱を誰にしようかと話し合ううち、両親ともいないその5歳の娘は哀しむものがいないので、人柱にふさわしいと決まるのです。人柱に立つその娘を、村の女たちが哀れがりまして、娘のために、緋の色の衣を一針ずつ縫うのですが、「美かところに行《よ》こうぞ」と言いまして。「美かところ」というのは、極楽のような美しいところというイメージでして。涙ぐみながら一針ずつ縫い、その衣を着せて、舟に乗せる場面をつくりました。

陸上では雨乞いの文言が唱えられる。

雨をたもれ雨をたもれ　雨をたもれば姫奉る

姫は神代の姫にていのちの億土より参りしなり
などと雨乞いの文言を唱えながら舟が出て行くのですが、緋の色の衣がいつまでも見えて、そしたら天にわかにかきくもり、雷鳴がとどろき、雨が降り出しました。そして娘の舟に稲妻があたる。稲妻というのは豊作の予兆なんですね。
娘はじつは、龍神の姫でして。そうやって沖宮へかえる。海底の沖宮へ。うなぞこは生命の宮のあるところですから。
人柱じゃないんです。舟は来年の豊作をよぶ雷に打たれ、うなぞこでは四郎が待っている。娘はうなぞこの華となっておさない2人の道行きで終わる。
なぜここで緋の衣にしたかというと、緋の色というのは生命の象徴というか、永遠の霊力をあらわすと思うものですから。

田中　それはまた珍しいお能ですね。めでたしめでたしのお能。うなぞこの国と『不知火』は、そこで重なるわけですね。

石牟礼　そうです。16歳と5歳とを組み合わせました。16歳と15歳の恋だったら、ちょっと陳腐でしょう。自分の中に言葉が出てこない。
16歳といえば、私は短歌をつくりはじめていましたが、読めたものじゃないですね。甘ったるくて、センチメンタルで。

田中　石牟礼さんは歌人でいらしたんでしたね。

石牟礼　歌人というほどのものではありません。お恥ずかしいです。

田中　樋口一葉は歌人でした。学校には行かず、歌の修練をしていた。最初は歌人として平安朝の恋物語を書いていましたが、途中で、明治時代の貧民たちの現実と向き合うことになり、まったく新しいものを書き始めました。女の人だからできた文学ではないかとも思うんです。娼婦たちの世界もそうだし、貧しい女中たちの世界もそう。

そう考えると、樋口一葉の言葉も歌人だから出てきた。古典の言葉と現代の言葉が交差することで出来た文学ではないかと思うんです。

石牟礼さんにもそれを感じます。古典の言葉を持っていらして、それが熊本や水俣の言葉と一緒になって出ていますものね。

石牟礼　古典の言葉をもっと仕入れたいのですが、なかなか本を読む時間がないですね。

田中　お能の言葉のなかで、十分に古典の言葉が出ております。縦横にお使いになっている。

石牟礼　あの言葉はどこから出てきたんでしょうかね。

田中　えっ（笑）。

石牟礼　読み返してみると、こういう言葉の使い方を知っていたんだなあと。どこで勉強したんだろう。あまり本は読まないんです。読む暇がなくて。

田中　歌は万葉集とか古今集をお読みになっていたんですか。

石牟礼　古今集は読んでいません。万葉集はところどころを、かすり読み程度でして。今読んでも分からないところがたくさんあります。

田中　万葉集は分からないところがたくさんありますね。その精神状態に近づかなきゃ分からないことがたくさんありますね。

記憶の方向に一緒に歩く

石牟礼　お能は一つしか観ていないのです。

田中　でも書けてしまう。

石牟礼　『逢坂物語』という能を観ましたが、よく分かりませんでした。脚本を読んでいけばよかったですけど。

田中　私もお能は詞章を持って、読みながら観ます。

石牟礼　読んでいかなくちゃ分からないですね。今度観に行くときは読んでいこうと思っています。でも、なかなか東京に行けなくなりましたね。

田中　ご覧にならなくても、ご自分でお書きになっていますからね。

石牟礼　自分でも観たいんですよ。

田中　お能も歌舞伎も、その時の現代劇としてやっているわけですから、その時代に生きた人が感じていたものと、私たちが教養のようにして観るのとは、違うのじゃないかとも思うのです。当時は魂の問題として観ていたのではないかなと。

渡辺京二さんも石牟礼さんの作品を説経節だとおっしゃりますね。江戸にも説経節がとても流行りました。人形も動かすわけです。

ところが近松門左衛門という人が出てきて、近松浄瑠璃が流行ってしまう。すると、それまでの説経節とか文弥節というのが全部なくなってしまうんです。

どうして説経節がなくなってしまったかというと、説経節の言葉では、当時の都市生活を送る人たちがリアルなものを感じなくなってしまったのではないかと。説経節というのは、それを語り、人形を動かす人が被差別民なんです。

石牟礼　それは知りませんでした。

田中　酷い目にあったり病に伏したり、仲間が奴隷のように労働させられたりする被差別民が、説経節の物語で自分たちを語っています。山椒太夫もそうですね。

自分たちの世界のことを自分たちで語る。それも、亡くなった人たちが蘇るように語る性質がある。それを観衆たちは、聞きながら感じていたのではないかと思うんです。

石牟礼　はいはい、自分の体験と、具体的な体験ではない心の体験が重ならないと、感動が生まれない。

田中　そうなんです。新しい芸能になると、その感覚を共有できなくなり、現実に対応した近松のような都市の語り物が出てくるんです。

日本の面白いところは、説経節や文弥節はなくなったはずなのに、江戸の外には残っているのです。八王子に残っていたり佐渡に残っていたり、宮崎にも残っている。外の世界でずっと語り継がれてきている。語れるということは、その気持ちが分かることだと思うんです。お能もそうです。歌舞伎が生まれてもお能が残っている。

石牟礼　難しい理論ではなくて、心情的に体験するということがあれば、のってきますね。その中に自分をのせて、記憶の方向にむかって一緒に歩く。聞いている方も。

田中　石牟礼さんの能『不知火』の中でも、不知火が狂うシーンがありました。すごい迫力です。怒りがあり、哀しみがある。狂うっていうことの意味がよく伝わります。

『不知火』に出てくる言葉の中で、はっとさせられたことがありました。人の中から魂がいなくなってしまっているのに、それに気が付かない人たちが、指先で弄ぶように毒を作っていったと。そういう言葉がありますね。人間なんだけれど、人間でなくなっていった人たち。そういう人たちが毒をつくり、海に流していく。自分が拠り所としている国土なのに、そのことも忘れて壊していく。

あの言葉があって、不知火が狂う場面がありますから、非常に心に迫ってきました。東京電力福島原発の事故の後、その意味がさらに深まっていると思います。

『不知火』は水俣のことを描いていますが、この社会は同じことを繰り返している。この先も、また同じことを繰り返すような気がします。

石牟礼さんの言葉が、近代が繰り返していることの中に、いつも入っていく。その意味で、『不知火』はこれからも上演する意味があると思うんです。

『不知火』では、コロス（語り手）が両手にこう持っていて……。

石牟礼　魂の灯ですね。

田中　魂ですね。金刺潤平さんの作品なんですってね。

石牟礼　はい、金刺さんの作品です。

田中　2008年に水俣を回ったとき金刺さんの工房に参りまして、素晴らしい工房で驚きました。紙も作っていて生糸も綿花も作っていらっしゃる。

石牟礼　浮雲《はぐれぐも》工房ですね。紙作りは、実は私がすすめたんです。

田中　そうなんですか。

石牟礼　最初は、野草が材料になるような構想が色々あったようです。半ば冗談のように言いましたら、最初は遊びのようにやっていましたが、だんだん面白くなってきたとみえて、今では立派な紙職人になられて、指導をしていらっしゃる。

金刺さんも緒方正人さんも「本願の会」のメンバーです。不知火海の100年分を語る会として、正人さんが「本願の会」と命名しました。

今は季刊誌『魂うつれ』を出しております。表紙の題字を書いてくださったのは胎児性患者の鬼塚勇二さんです。筆を持って書くことは難しいので、一人が肩を押さえ、一人が前から支え、三人がかりで、半日ほどかけて題字を書いてくださいました。

「本願の会」は、何でもいいから、不知火海の100年を語り残しておこうと。海岸部は、どのように変わったのか、とか。

田中　なるほど、海がどのように変わったのか話しておくと。

石牟礼　はい、それを記録しているんです。「本願の会」のメンバーは石掘りについて素人でしたが、お師匠さんに来ていただいて、埋め立て地に野仏を置きはじめました。お地蔵さん。

風月というのか歳月というのか、あそこに行くたびに、お地蔵さんの顔がよくなっています。

「数が近づいてくると逃げたくなる」

田中　渡辺京二さんが書かれておられましたが、石牟礼さんの中では、昔の時間と今の時間が重なっていることがあると。

石牟礼　はい、重なっています。

田中　人間の記憶はそういうものなのかもしれません。順番に思いだそうと思っても、そうはならず。

石牟礼　私は順番というのがとても苦手なんです。数字が出てくると、これがまた苦手で。順番を数字で思い出すことが、一番苦手です。

田中　何年何月の何日に何があったとか。

石牟礼　そういうのは限りなく間違えます。

田中　それでも歴史的なことをお書きになっている。

石牟礼　そうですね（笑）。間違ってばっかりいます。あちこちから訂正が入ります。

田中　『西南役伝説』も、歴史物かなと思っていましたら、違うんですね。その時に生きてらした方々の語りなんですね。

石牟礼　そうなんです。

田中　あれは驚きました。西郷隆盛のことを今生きている人が自分の体験として語っている。そんなことってあるんだと。歴史が、過去の出来事としてではなく、ある人間の中に刻み込まれた経験として、目の前の人の中にある。そういうことがあり得るんだと思いました。

石牟礼　ある出版社の人から、「これは年表になっていない。年表と結びつかない」って言われました。なるほど、たしかに年表は書いていない、困ったなあと。なぜこういう世界を書いているかということを、この人に分かるように書かなければならないのかなと思ったのですが、やーめたと思いました（笑）。

田中　読む人が調べればいい話ですよね。

石牟礼　そうですね。今度はそう言おうと思います。
　小さい時、父が数を私に数えさせていたことがあります。いち、じゅう、ひゃく、せん、まん……と数えていくと、一番終《しま》いの数ってあるのかしらと思って。今考えても分かりません。その頃に無限というものに思い当たって。もちろん「無限」という言葉は知りませんでしたが。
　いつまで数えればよかか、と父に聞いたら「終わらん」と。父が死んでも終わらんと。八幡祭り（水俣の伝統祭り）が済んでも終わらんと。家のものが全部死んでも数は終わらんと。それで絶望しました。ずっと数えなきゃいかんのかしらと、病気になりました。
田中　私にも似た経験があります。それは数ではなく空間の経験でした。中学のころ星のことに夢中になって調べていたのですが、ときどき、「永遠」について考え込んで、眠れなくなりました。
　何億年も前の光を見ているとか、宇宙に果てはないということを言われた時、考えてもしょうがないのに、考え込んでしまいました。
石牟礼　そうでしたか。知恵熱がでますね。数が近づいてくると逃げたくなるのです。
田中　『西南役伝説』の中に忘れられない描写があります。目の前で闘っている。銃がある時代なんだけれども、やっぱり刀をとりだして闘っている。必死になってお互いやっているのを百姓が見て、なんであんな大変なことをしなきゃいけないんだろうねと（笑）。
石牟礼　百姓ならそういう馬鹿なことはせんと。
田中　何のためにお互い大変な思いをしながら殺し合っているのだろうねっていう言葉。その光景が目の前に見えるようでした。
石牟礼　殺されたくないから近づかないようにして、ぐるぐる回って。せっかく整備していた畑をむちゃくちゃにしてしもうて。侍ちゅうもんは、分からんもんだなって。なんちゅう馬鹿なことをするんだと。

田中　ああいう風に語られると、戦争って大小を問わず同じようなものですから。何のためにやっているんだろうと。

石牟礼　そうですね。きつか目におうて、追っかける方も追っかけられる方もいろいろ考えて。お互い追いつかず、追いつかれずしている。両方とも斬られたくないものだから。

田中　可笑しいですね（笑）。

石牟礼　可笑しい（笑）。

（2012年8月21日）

毒死した万物の声に身悶える

石牟礼道子　田中優子

対談❷

「苦海浄土」は水俣弁ならぬ道子弁

田中　着物を召されるのは大変だったのではないでしょうか。

石牟礼　いえ、気軽に来てくださる美容師さんが、今日来てくださったのです。

田中　夏用で、少し透けている。素敵ですね。

石牟礼　銘仙のような生地です。昨日も着ようかと思いましたけど、あまり仰々しくなってはと。昨日の珊瑚の帯留は素晴らしいものでしたね。

田中　いろいろお気遣いありがとうございます。帯は、母の娘時代の帯です。珊瑚の帯留は古いもので、祖母の遺産です。明治の頃のものです。

石牟礼　古いのにあのように新しい珊瑚。

田中　珊瑚の工芸品は今でも存在しているのですが、彫が甘く、祖母が残してくれたような帯留は、今はなかなかありません。

ところで祖母はよくお酒を飲んでいました。私も好きです。石牟礼さんは？

石牟礼　小さい頃は父親のお酒の相手をしておりました。最近はあまり呑みたいとは思わなくなりました。ただでさえフラフラと、摑まり歩きしているのにお酒を飲んでしまったら。でも父親の相手をしていたこともあり、呑むのは好きなんです。

田中　本当に呑まされていたのですか。

石牟礼　はい、本当に呑まされておりました。父は酔っぱらって、判断力が麻痺していたのでしょうね。「お前も呑め」と言われて。それで私も呑んで酔っぱらっておりました。見兼ねて大人しい母が父に言うわ言うわ。

田中　石牟礼さんも呑まれると気分よく……。

石牟礼　はい、気分がよくなって。なんという父でしょうかね。説教するのが好きで、猫にも説教をしていましたね。

田中　こんなことしたら駄目だと。

石牟礼　猫がある時、みなの者に配膳し終わると、盲目の祖母のお膳の方に、抜き足差し足近寄っていっていました。その日は、イワシを手開きして醬油につけこんで、一夜干しして焼いたものでした。とても美味しいんですね。桜干しといいますが、それが祖母の皿に載っていました。

父が「いただき申しやす」と言うのですが、代々「ミー」という名の猫がいましたが、祖母のお膳の方に行くのを、みんな見ているのです。

父が「こらーっ」と大声を出し、猫の首筋を捕まえて畳に鼻を擦りつけ、「お前、その盗人《ぬすど》腰は何か、お前がような、いやしか根性の猫は家にはおかん。(祖母を) ご病人だと侮って、おっ捕ろうとしたな。このイワシはお前にくれてやるから、いますぐ、この家から出て行け。そのいやしか根性が、我が家の家風に合わん」と言って。猫は爆弾があたったような様子でした。

田中　怖かったのでしょうね。

石牟礼　怖かったのでしょうね。「家風に合わん」と。父はまた、「出て行くについては一人で出て行け。お前が生んだ子猫2匹はおれが養うてやる。安心して出て行け」と。

猫はしばらく縮こまっていましたが、父がいるところには出てこない。あとから母が「ミー、ミー。きょうのおかずはなんぞ」と持っていっていました。

父は、「お前が猫だからといって食わせばせんか」（食わせないことがあったか）と言うのです。猫だからといって差別はせんだっただろう、十分に食わせとるじゃろう。それなのに盗人腰、いやしか精神、いやしか根性じゃと。

猫に対して正座して説教するんです。私たちも父の気迫に押されて座り直すんです。「いやしか精神」や「盗人腰」も、子どもなりに一発で覚えました。

田中　子ども心にちゃんと刻み込まれた。

石牟礼　刻み込まれました。

田中　石牟礼さんのお家の中の会話は、ご両親のどちらかは天草弁でいらしたのですか。

石牟礼　はい、父の方がより濃厚な天草弁でした。

田中　お母様も天草の言葉を。

石牟礼　天草弁を話していましたが、途中から水俣弁になっていくのが子ども心に哀しいというか、天草弁の方が上等のように聞こえましたね。

田中　お書きになっているのは天草弁を記述されていることもあるのですか。

石牟礼　天草弁で書こうと思っています。それも古典的な天草弁です。

田中　『苦海浄土』は水俣弁で書かれて……。

石牟礼　水俣弁というか、道子弁というか……。

田中　道子弁（笑）。道子弁のなかには天草の言葉が入っていると。

石牟礼　天草の言葉が入っていますね。

田中　『春の城』のような天草の話であれば、やはり天草の言葉で書いていらっしゃると。

石牟礼　天草の人からすれば少し違うとお思いになるかもしれないですね。ただ、上古の言葉のなかに似通ったもの、それから転化してきたのではないかと思う言葉が、天草にはあります。

田中　天草の言葉と水俣の言葉、熊本の言葉もまた違うのですね。

石牟礼　違いますね。

田中　水俣には会社行きさんが入ってきたから、外の言葉が広まってしまったでしょうし、漁師さんの言葉と街で話される言葉も違っていったのだろうと思います。

石牟礼　はい、違ったでしょうね。私の父はなんでもオーバーに言う人でしたけど、なにか、この人間と対立しなければならないと直感したときは「わしゃあ、天領天草の、地位も名誉も肩書きもなか人間じゃばってんか、水飲み百姓の倅、白石亀太郎と申しやす」って言うのです。

田中　「名のり」ですね。

石牟礼　はい、名のりをあげるんです。相手は圧倒されて、居住まいをただす。

幕府直轄というのは何の自慢にもならないのに、父が言うとなにか深い意味があるように聞こえる。

田中　石牟礼さんも猫と会話をされていたんじゃないですか。

石牟礼　それはもうしょっちゅう。

田中　猫は言葉がなんとなく分かるようですね。

石牟礼　分かるようですね。

我が家に猫が13匹いた時、雄猫が管理のようなことをしていました。２カ所にわけて、エサを与えて。

母親となるにはまだ未熟で、少女のようなお母さん猫だから、育て方が分からない。ご飯を食べる時はわーっと寄ってきますね。すると雄猫は、まだ食べ方が分からない子猫の後ろにまわって柵を作ってやったりとか、空いているところに持っていって食べやすくさせたりとか、面倒をみるのですね。そういう現象が起きていました。

田中　猫って躾はなかなかできないけれど、知恵を持っていて、しかも個性的です。1匹1匹、性格が違うしやることも違う。

猫を見ていると、人間もこのようにほっとけばきちんと個性的に育つんだと思います。学校に入れたりするから同じような人間ばかりが育ってしまう。

石牟礼　そう、そうですね。ほうっておけば。

田中　ほっとけばそれぞれが持っている個性が育つ。今は同じようにしすぎます。

石牟礼　そうですね。ペット化しないほうがいいですね。雄猫には感心しました。

「悶えてなりと加勢する」

田中　人間だって変なこと考えなければ雄猫のような行動がとれるはずだし、他人のことを助けられるのだと思います。

近代になって学校というのができましたが、それは寺子屋とは随分ちがうものでした。

寺子屋の面白いところは一人ひとり違う教科書を使うんです。江戸時代には教科書は印刷されていましたから、その子に合わせて教科書を選ぶ。一人ひとりに、今日のお稽古は何をすると、それぞれ違うものをあてがう。教育とはそういうものだと思います。近代ではすべての子に同じ教育をします。

石牟礼　水俣では、山学校組やトウダイ組がありました。トウダイというのは東大ではなく灯台のことです。山学校組というのは学校に行かないで山に行って、メジロを捕ったり、メジロをとる「やん餅」採りに行ったりしていました。

やん餅というのは根からも採れるしニッケの木のようなのからも採れるのですが、口で噛んでいるとねばねば分だけが残り、それをメジロがとまりそうな枝に塗っておくのです。メジロは椿の花蜜を吸いに来ますから。

田中　椿の先に付けておくわけではなくて……。

石牟礼　椿の先に塗っておく場合もありました。

田中　鳥が来て、とまると離れられなくなる。

石牟礼　はい。花蜜を吸いにきたメジロは足がやん餅にくっついて、離れられなくなります。

それと、メジロ籠も自分で作るんです。5、6年生になれば作っていました。

田中　自分の籠にいれて飼うのですね。

石牟礼　飼うんです。そしてメジロの鳴き声大会を開くのです。

田中　それぞれが飼っているメジロを持ち寄って。

石牟礼　鳴かせる。やん餅を採るところから始めなきゃいけない。やん餅の木をとって、口で噛んでねばねばの要らないものは、ぺっとはき出して、程よくなってから自分の好きな椿の木を見つけ、塗りに行く。

田中　鳴き声大会をするくらいですから、子どもたちはみんな一連のことができるわけですね。

石牟礼　そうなんです。メジロ籠作りも、「肥後守《ひごのかみ》」という折りたたみ式のナイフで。その「肥後守」を買ってもらうと一人前になるということを意味するのです。子どもから少年へ昇格するのですね。鞘がついた折りたたみ式の小刀を持つことで、一人前になる。

子どもたちは「肥後守」に憧れているのです。

田中　石牟礼さんも持っていたんですか。

石牟礼　いいえ、弟が持っていました。男の子たちが持つのです。私はときどき借りて鉛筆をといでいましたが、本来はメジロ籠を作るために竹を割るものとして使います。

田中　竹でつくるんですね。

石牟礼　ズボンのモモの上で、こうして削るんです。竹を、ものすごく細く。「肥後守」で、同じような細さに竹を割っていくんです。弟がそうやるのを見ていました。熱心にやるんですよ。時々ズボンを斬ってしまう。ズボンは「肥後守」の跡がついて、母がとても怒っていました。

田中　灯台組は何をするのですか。

石牟礼　灯台組は海で遊びます。海と山を行ったり来たりする動物たちがおりますから。狸や狐が渚におりました。

水俣病患者で、亡くなった杉本栄子さんという人がおられました。杉本さんは、「大漁の時に帰るエンジンの音は、狐や狸にも分かっとばい」っておっしゃっていました。漁を終えて船着き場に戻ると、生き者どもが前足のかかとをあげて、立って待っとるって。とくに大漁じゃった時は、狐や狸や猫が海辺にうんと出とるって。

田中　立ち上がって……。

石牟礼　はい、前足のかかとをあげて爪立ちして。魚をあげる時のかけ言葉が「そーい、そい、そい」と言うそうです。生き物たちが待っとるけんあげなきゃならんと。

子どもたちが狐や狸たちを追っかけるものですから、追っかけごっこになるんですね。

田中　水俣病には、人間の前に猫たちが罹患したと言われていますが、もしかしたら狐や狸も。

石牟礼　はい。狐も狸も鳥たちも死にました。貝もたくさん死にました。アサリや蛤といった二枚貝は、口を開けて死んでいました。口を開けているので海辺に異臭が漂うのです。

田中　猫だと身近で死んでいるのが分かりますが、狐や狸も死骸があったりするのですか。

石牟礼　はい、死骸がありました。蛇も死んでいたそうですが、蛇は何を食べていたんでしょうかね、海辺で。

患者さんたちが声をあげてから18年間も放置されました。東京のチッソ本社に行って、社長さんや偉い人たちにお願いしたいと言い続けてきました。抗議にいく、という風には言わずに、お願いにいくと言うんです。チッソにも、偉い人がおんなさるはず、おんなさらんはずがなかと。

水俣の人にとって偉い人というのは、それを遠く遡ると、山学校組だったり灯台組の海学校組だったりした子たちで、成人して村の柱になっていく人たち、その人たちなんです。

学校秀才たちは村を、町を出て行くんです。東京に出て、某《なにがし》かの企業に勤めて、それが出世なんだと。「出世」の概念が100年くらい前よりは違ってきてしまいました。

「水俣病を告発する会」が発足した時、高校の先生をしていた方が、「義によって助太刀いたす」とおっしゃいました。恰好いいですよね。今は、義ということが分からなくなっている。

今はヤクザ言葉になってしまいましたが、「仁義」という、かつてあった言葉も、日常の世界から失われていきました。「信用貸し」という言葉もありました。借用証書を書いてお金を貸すとはみみっちいではないかと。人を疑うてはならぬと。わが家では信用貸しということが、まかり通っていたわけです。結局、お金が返ってこないこともありましたそうで。

なんと言いますか、言葉のレベルが人情を表していたように思います。それがなくなってきた。その裏には、国の経済政策がありました。近代100年は、子どもをどんな風に教育してきたんでしょうね。

田中　石牟礼さんのご自宅では、猫にも説教をしたように、人としてどういう風に生きて……猫に人としてというのも変だけれど。

石牟礼　ははは（笑）。

田中　お前はこういうことところが駄目なんだと、きちんと言い聞かせる。そういうものを持っていたということですよね。義とは何か、仁とは何か、徳とは何かと。勉強したわけではなく、たぶん代々、親から子へと伝わっていた。

石牟礼　お年寄りや、徳の高い人が理想だったんですね。

田中　集落の中でも「あの人は徳の高い人だ」っていう人はいましたか。

石牟礼　計算をしないで人に尽くす人がいましたね。何か事件が起こると、何はともあれ見舞いにいく。ある家に怪我人が出たり病人が出たりすると、我が事のように。

田中　かけつける。

石牟礼　かけつける。でも何もしてあげることができないで、ためになることをしようにも、そのやり方が分からん。心配して立っているんだけれども、何もできないんです。

それでも「悶《もだ》えてなりと加勢する」と。悲嘆に暮れるようなことがある家があると、真っ先にかけつけるんです。でも、チッソはかけつけてきてくれなかった。

田中　それが一番の問題だと思うんです。お金の問題よりも。

石牟礼　そうです。チッソの人たちは、患者さんと会ったらお金をふっかけられるんじゃないかと、露骨に用心するんです。「悶えてなりと加勢する」というのが、何もありませんでした。

田中　何かをしてくれたか、ではないのですね。親身になって心配してくれたのかと。「悶えて」っていい言葉ですね。

石牟礼　はい。悶えているんです。

田中　悶え神というのはそういう気持ちをもった神様がいて、人間の中にもいるはずだと。石牟礼さんは悶え神そのものだと思います。

石牟礼　いえ、患者さんたちには何の役にもたちませんでした。

落語で馴染みの「されく」人たち

田中　悶えるっていうのは相手のことを想像したり、相手の立場に立ったりすると、相手が乗り移ってくる。石牟礼さんは、そういう書き方もしていらしたと思います。頭で想像するだけでなく、乗り移ってくる。

石牟礼　瞬間的に悶えている。

田中　考えてそうするわけではないのですね。

石牟礼　はい。

田中　やはりそうですか。

石牟礼　でも、患者さんたちに対しては、悶えるしか能がありませんでした。高漂浪《たかざれき》とか、遠漂浪《とおざれき》という言葉がありますが。普段は世のためにも家のためにもならないけれど、魂がどこか遠くへ行ってしまっている人、高いところへ行ってしまっている人のことを心配して「されく」と言います。

田中　私もその「されく」という言葉の意味がよく分からなかったのです。「放浪」と書いて「されく」と読ませていますね。

石牟礼　はい。

田中　それは水俣の言葉ですか。

石牟礼　はい、熊本にもありますが。「されく」とか「さるく」とか。古語かもしれません。上古の言葉が転化してそうなったのでしょうか。

田中　どこか目的があって、そこに行ってこようという意味ではなく、放浪する、移動し続けるという意味なんですか。

石牟礼　魂が抜け出す。

田中　魂が。

石牟礼　魂が抜けて、その魂に連れられてふらふらと。帰り道をうち忘れとるって。

田中　そうかあ、面白いですね。ということは現実にそういうことが、そういう人がいるということですね。

石牟礼　いるんですね。魂がどこかに行ってしまっている人が。この私も、どこに魂が行っているのか。

田中　落語の中には、そういう人がたくさん出てきますよ。

石牟礼　でしょう。私は落語の言葉に出てくる「くまさん」「はっつぁん」が大好きなんです。

田中　あの人たちは慌て者だったり。それから……。

石牟礼　そそっかしかったり。

田中　はい、本当にそそっかしくて、ぼやっとしていて、何もできそうもなかったりするのに、世間はちゃんと彼らを受け入れるんです。

石牟礼　そうですね。

田中　与太郎とか。

石牟礼　与太郎という名前はそれっぽいですね。

田中　それなら何かやらせて稼がせようと。おまえ飴でも売ってこいとか、棒手売りの仕事を与えたりして。それが結構上手くいったり失敗したりするのですが、そういう風に何か登場人物がみんな、その「されく」ですよ（笑）。

石牟礼　はいはい、落語の中には「されく」人がたくさん出てくると思います。

田中　さきほどおっしゃった、一瞬相手の身になってしまうお話で思い出したのが、「文七元結《ぶんしちもっとい》」という落語です。

娘が家出をして吉原に身売りにいくんです。お金を稼ぐために。なぜかというと親父さんが、良い大工なのだけれど、賭け事好きなんです。家がどうにもならなくなって娘は家出する。親父さんはそれに気がついて吉原に追いかけていくんです。

女将さんに会って、なんとか娘を返してもらえないだろうかと頼むんですが、女将さんは「あなたがちゃんと働かないと娘さんは返ってこない。娘さんはここに預かる。店には出さない。お金を貸してあげるから、質に入れた道具箱を出してきて働きなさい」と言って、お金を50両貸すんです。この50両は、親父さんが質屋から道具箱を出すためのお金なんです。

親父さんがこのお金を持って家に帰ろうとしたら、橋の上に誰かがいる。知らない青年なのだけれど、川に飛び込もうとしている。それで思わずかけよって、お前何をする気だと、欄干から引きずり降ろして、訳を話せと。

その青年が言うには、お客さんのところへお勘定をとりに行ったのだけれど、そのお金を落としてしまったらしい。このままじゃ店に帰れない、だから死ぬんだと。青年は何度も何度も欄干に登って飛び降りようとするのです。

それを親父さんは何度も引きずり降ろそうとするのですが、ついに、大事な50両を押しつけてその場を去っちゃう、という話なんです。

最後はハッピーエンドとなりますが、この落語を聞く度そのシーンに注目していて、落語家さんがここをどうやってやるのかなと思いながら観るんです。

それを観ていてよく分かるのは、親父さんの行動は考えてやることじゃないんですね。自分も困っている状況なのだけれど、娘は生きているし、俺も生きている。でもお前は今死のうとしている。だから助けるしかないんだと。だから大事なお金を押しつけ、名前も言わずに行っちゃう。

人間はどんな状況だったらこういう行動に出るのかなと思うのですが、でも、人間にはそういうところ、ありますよね。

石牟礼　ありますね。ありますとも。

田中　考えて、じゃなくて。うまい落語家さんは、咄嗟《とっさ》にそうする行動をうまく語るんです。そう身体が動いてしまう、ということを。

先ほどの話をうかがって、やっぱりそういうことってあるんだって。人と自分が一体化しちゃうというのでしょうか。

石牟礼　そうですね。一体化する時がありますね。

田中　石牟礼さんはそういうことをたくさん書かれていますから、そういう経験がおありなのだと思います。それが「悶え」なんだと思うんです。江戸は都会なんですが、都会だとか、山や海があるかどうかとは関係がなく、そういう人っていたんだと思うんです。

石牟礼　はい、いたのだと思いますね。

絶望感のどん底で初めて知ること

田中　私の育った長屋の暮らしの中にも、そういう人がいました。動物がいなくても、長屋の路地にちょっとした祠《ほこら》があるんです。

石牟礼　はあはあ。

田中　子どもたちがその前を通る時、思わず立ち止まって拝むんです。みんながそうやるから私もやっていました。都会にも「畏れる」という気持ちがありました。そういうことの一つひとつが、いろんなところでなくなっていった。

石牟礼　なくなりましたね。祠もなくなりました。コンクリートの中には、祠を作れないですね。

田中　作れないですね。

石牟礼　海岸に大きなアコウの木があると、その根が途方もなく離れて、陸と海とに別れて。根をはっているんです。根と根のあいだに、祠を入れるのにちょうどよさそうな穴が空いているんです。

田中　そうですか。

石牟礼　そういうところでは必ず龍神様のお祭りをしている。そういう木々が海辺にはありましたが、今は減って参りました。

田中　龍神様なんですね。

石牟礼　飛龍権現様と書いてあったり、えびす様だったり。

田中　海の神様ですね。

石牟礼　漁師さんたちはなぜか、えびす様を信仰していらっしゃいます。えびす様は鯛を抱いていらっしゃいますね。

田中　水俣の茂道で見かけました。

石牟礼　茂道では、遠くない時代にえびす様を作ったようです。

田中　水俣の埋め立て地にある、本願の会が作った石仏もそうですが、手を合せたくなるものが、生活の中にあるのとないのでは、ずいぶん心の状態が違ってきます。

石牟礼　はい。それで思い出しましたが、木を見たことのない北極の方の民族のことを調べた方がいらしたそうです。その民族が、何かのきっかけで木のあるところへ旅をした時、樹木を生まれて初めて見たんだそうです。見た瞬間、この人たちは思わず手を合わせて拝まれたのだそうです。手を合わせる習慣がない人たちだったそうですが。

田中 本来は、祠だとか神社だとか作らなくても、自然の中にあるものを見て、思わず手を合わせたくなる、そういうことだったのではないでしょうか。

石牟礼 そういうことだったのでしょうね。感動しました。

田中 近代に入って、得たものと失ったものを両方考えてみると、人間が手を合わせたり悶えたりするということ、それを失った一方で、得たものは何なのか、分からないのです。近代のいいところって、何か思いつきますか。

石牟礼 何かありますかね(笑)。

田中 最近考えてしまって(笑)。

石牟礼 私は逆に、絶望が拡がって、若い人たちが何にも希望を持てなくなってしまった時に、初めて祈りはじめるんじゃないかと、そういう若い人が出てくるんじゃないかと期待しております。ごくごく少数になるでしょうけれど。

何にもなくなってしまって、絶望のどん底に落ちた時初めて、祈ることを見たり体験したり、生物たちとの連帯感を感じたりするんじゃないでしょうか。ああ、お前たちもこんな風に生きていたのかと、魚とか虫とか、地を這うもの、空を飛ぶものに、お前たちも俺たちと一緒だねって思う若者が、出てくるんじゃないかと思います。

だから、もうちょっと絶望感が足りないいんじゃないかと。

田中　まだ希望にしがみつこうとしている。それはお金で買える希望だと思いこんで。

石牟礼　はい。自分が絶望しなきゃ、人の哀しみは分からないですよね。

田中　他の人の惨状を見て、何かをしなければいけないと思っていたのですが、それより大事なことがその「悶える」だとすれば、まずそれが足りない。堂々と悶えればいいんだと思います。

津波や原発事故も、何かしなければならないという気持ちだけが先走ってしまって、そうなると「復興」に走るんです。ただ復興しても同じことの繰り返しですから、その前に悶えなきゃいけない。

石牟礼　田舎で全国のニュースをテレビで見るとき、東京だか大阪だか都市の姿が映りますね。あれが「復興」のイメージと重なります。都市文明がそのまま卒塔婆《そとば》になっている。どこにも美的なものを感じない。

大地震が起きた時、逃げ道はないのではないのでしょうか。どこへ逃げるのか考える前に、道がない。

田中　どうにもならない。

石牟礼　生き残る人がいたとしても、どういうイメージで都市を「復興」させるのか。手がかりがない。

江戸時代の話をうかがっても思うのですが、個人個人がささやかな、着物の色とか形とか、室町時代の漆器なんかを細川家が持ってる写真を見ると、あんな美しいものを作り出して生活していたのだと。美的快楽というか、本当の快楽を知っていた。人間はそれを体験していましたから。だから、原型としての日本人の感性が滅びてしまってるとは思いません。一度壊れてしまったら、また思い出そうと努めるだろうと。コンクリートじゃない、地面も海岸も海も山も、大きな動物から蟻のような小さな虫まで、万物が呼吸し合っているような世界。
　小さい頃、蟻が無花果を抱えていく姿に感動して、膝行《しっこう》しながら付いていったことがありましたが、まあ、今の言葉でいえば連帯感を持ったということでしょうか。

田中　漆器のことですが、私も漆って素晴らしいと思います。

石牟礼　素晴らしいですね。写真でしか見たことがありませんが。

田中　江戸時代には焼き物のお茶碗もありましたが、日常生活の中でそうしたものは使わなかったんです。むしろ木や竹で作られたものが、日常生活の中にずいぶんありました。お茶碗類はだいたい輸出していました。日本人はあまり使わなくて、茶の湯の時くらいですね。日常生活や結婚式やお葬式の時に使う普通の漆器の素晴らしいこと。

石牟礼　はい、分かります。

田中　細川家が持っているようなすごいものでなくとも、本当に普通のものが、漆器は良いですね。

石牟礼　いいですね。ところが漆の木がなくなってきているそうですね。

田中　そうなんです。漆はいま中国から輸入しています。

石牟礼　中国からですか。

田中　それでなくとも、もう生活で使われなくなったので、漆器をつくる職人さんたちに仕事がなくなってきています。能登あたりに行くとお土産屋さんにありますし、芸術家に漆器を作る人もいますが、日常生活の中ではなくなってきています。

石牟礼　日常生活の中で、美術品がなくなってきてしまいましたね。

塩を吸って生きる木

田中　震災後、福島原発からはたくさんの放射能が海に流れました。原発事故のことは、どうお感じになられましたか。

石牟礼　水俣よりもっと深刻になりゃせんかと思いましたね。有機水銀の場合は、結果的に人体実験になりました。放射能汚染でも人体実験が始まるのではないかと思います。

これから先、どういうことになるのか、予測がつかないですね。

田中　水俣の場合も水銀だけではなく、いろんな重金属が廃水されたわけですよね。

石牟礼　複合汚染ですね。

田中　放射能の場合も、いろんな核種がありますから、どういう症状が現れるのか分からない。がんや白血病だけでなく、心臓病や脳梗塞だって起こる可能性があると聞きます。

水俣病以上に、因果関係を調べることが難しくなると思います。

石牟礼　水俣病の場合、因果関係を実証できるかどうかが裁判の争点になったわけですが、今調べようと思えば分からないことはないと思うのです。チッソの技術者たちは口を閉ざしていますから。ご高齢で、だんだん死んでいかれています。

病気も、発症する人と発症しない人がおり、その人たちが亡くなる年齢にさしかかっております。

今のうちに国や県がその気になって調べようとすればできるはずです。どういう材料をどのくらい使ったのか。どういう種であるのか。市民にはまったく分からないんです。工場の労働者にも、分かる人は一部だったと思います。

田中　昭和の初めにアセトアルデヒドを生産していますね。セレン、タリウム、マンガンが人や猫の臓器の中に発見されたと、石牟礼さんも書いていらっしゃいます。

石牟礼　はい、それがどういう物質であるのかは分からない。説明しようと思えば技術者にはできるはずなのですが。

田中　できるはずです。

石牟礼　経済成長という国策の中で大増産をし、成績を上げることは自分たちのお給料も上がることでしたから、発表はしなかったのでしょうか。今からでも調べられると思うのですが。

田中　チッソが隠していることは沢山あるわけですが、東京電力も多くのことを隠していると思います。隠し通すことで、原発の再稼働ができると思っているのでしょう。

石牟礼　聞いてみたいですね。思ってもそうは言わないでしょうが。

田中　石牟礼さんが何十年ものあいだ患者さんに寄り添って書いてこられて、またそれが、近代化の問題だとずっと書いてこられて、それなのに同じようなことが起こってしまった。それを克服しようという風にならないですね。

石牟礼　ならないですね。

田中　私たちは一体どうすればいいのでしょうか。毎週金曜日に首相官邸前でデモをやっていますが、それで心を入れ替える人たちではないと思うのです。

　これから大人になっていく人たちが、価値観をどう変えていけるのか気になっています。石牟礼さんもずっとお書きになってきたし、私も書いていますが、そういうことをもっと強く言う人や書く人が増えていかないと、現実は変わらないですね。

石牟礼　変わらないですね。この近代100年は。最近、俳句をつくりました。

毒死列島　身悶えしつつ
野辺の花

田中　すごい句ですね。本当に毒死列島になっていると思います。たぶん、私たちが知らないような毒も……。

石牟礼　すごいと思いますよ。食品添加物もそうですし。

田中　農薬もそうですね。

石牟礼　洗剤もそうです。

田中　どうやったら毒死列島から脱することができるか、ずっと考えています。ところで、石牟礼さんは山口県上関《かみのせき》の祝島にいらっしゃったのは、桑の木を見にいかれたと、『常世の樹』に書かれていましたね。そのとき祝島はどんな島でしたか。

石牟礼　水の問題を考えるため、川の源流を訪ねたいと思ったのです。川の、水の源流は木だと思って、だから木も見たいし、渚という生命が行ったり来たりするところも見たいと。渚には海の塩を吸って生きている木があると聞いていました。実際に、塩を吸って生きている木があるのです。

田中　枯れてしまいそうな気がしますが。あるんですか。

石牟礼　あるんです。天草にも水俣にもあると思います。

海のそばに行ってみましたら、まるで苗を育てる田んぼのように、渚に小さな木が生えているんです。親の木があって、その枝から降りた木根というのが、枝の先から波の中に降りていっているのです。沖縄の渚で見ましたがそこからまた木が、苗が生えてきているです。そんな風景は初めて見ました。

田中　海辺にそういう植物があって、少しいったところに松林のようなものを作ると、津波に強いらしいのです。津波の速度が減速するんだそうです。そういう植物を全部切ってしまっていた。

石牟礼　コンクリートにしてしまっていたんですね。渚は、呼吸ができなくなりました。

田中　コンクリートの堤防を作れば、津波を防げると思いこんでしまった。林を切ってコンクリートにしたのが間違いだったと思います。

石牟礼　間違いも間違い。木や葦など、渚に生える草木がたくさんあります。それで海から丘へのぼる川というのもありますが、もっと小さな川が渚にはたくさんあって、木々の中を上り下りしている。水の精というのか……。渚の木が、川の源流なのだと。源流に包まれている日本列島というのを書きたいと思っていたのです。

田中　それを探して祝島に。

石牟礼　はい。

田中　今、祝島では石牟礼さんと同じ世代の方たちが中国電力上関原発の建設に反対して、毎週月曜日にデモをやっています。とても面白いところだなと。私はまだ行っていないのですが、鎌仲ひとみさんという方が良いドキュメンタリーをお作りになりました。祝島がどんなに豊かな島か、とてもよく分かるんです。反対運動をしているからではなく、祝島の豊かさが伝わるんです。

島では、牛や豚を放牧しています。

石牟礼　豚を放牧している。それは愉快ですね。

田中　海藻も豊かで、島人は海藻を採っています。名産はびわです。たくさんの実が成ります。農産物も養豚も海藻もあって、太陽がさんさんと降り注ぎ、太陽光発電をやろうという人たちも出てきています。

当然、自分たちの目の前に原発ができると、この豊かさがなくなってしまう。だから反対する。この島を子孫に残したい。そのために反対運動をしているんです。

反対運動というのは反対するために反対するのではなく、何かを残したい、原発による経済発展よりも、こっちに本当の豊かさがあるんだと、そういうことがあって初めて運動って意味を持つと思うんです。

石牟礼　運動の中には運動家がいて。

田中　運動のために運動している（笑）。

石牟礼　オルグしてまわって（笑）。それはまあ……半分困るような。海と陸は呼吸しあっているんだって、少し分かってからやってほしいなとは思っていましたが、やりながら途中で気が付いてくれればいいのですが。

田中　気が付いてほしいですね。何のための運動かと。

チッソ社長の顔に落ちた川本さんの涙

田中　『苦海浄土』の中で心を打たれたのが、木太郎くんのおじいさんが海の話をするところです。

あそこを例に挙げる方はたくさんいらっしゃいますね。海の上で一日を過ごすことがどういう日常なのか。「東京の人たちはぐらしか（可哀想）。腐った魚を食べている」って。船の上でご飯を炊いて。

石牟礼　海の上で炊く飯がどげんうまかことか。ほんのり塩の味のして。私も海の塩で炊いた飯を食べたことないんです。でも、水俣の海の塩では炊きたくないですね。

田中　かつての水俣の海ではそんな風にして過ごしていたわけですね。

石牟礼　そうですね。

田中　『苦海浄土』にも、その豊かさがあります。水俣の海が持っていた豊かさと、それが壊されていくところの、両方が描かれています。この二つが、私の心の中に入ってくるんです。とても強い文章だなと思いました。

祝島もそうですし、素晴らしい場所ってたくさんあるんだなと。

石牟礼　たくさんあるのでしょうね。まだ助かっている場所が。

田中　年表を作りながら面白いなあと思ったのですが、原発は、水俣病事件と並行しているんです。水俣病が公式確認された１９５６年は、原子力委員会が発足した年です。政府が水俣病を公害だと認定したのが68年で、前年の67年には福島第一原発の建設がはじまっています。原発の建設も、チッソと同じように、国策の下で生産量を増やすためでした。

同じ価値観で、ここまできてしまいました。破綻することを知っている人もいたのでしょうけれど、何のために、誰のためにやっているのか。一部の人が「得」をするのでしょうね。

石牟礼　そうなのでしょうね。

２００９年に水俣病救済特措法が国会で通りましたが、この条文を作った官僚の人たちには人情というものが欠けていると思います。訴訟をしないと約束しないことには救済してやらんとか、40年も前に魚を食ったことを証明するものがないと救済してやらんとか、情がないとしか言えません。

田中　『西南役伝説』の舞台は、前近代（江戸時代）から近代に移り変わる時です。前近代の人たちが訴えたかったことを、近代はさらに捨てた、捨てて顧みなかったと書かれています。

石牟礼　あら、そうでしたか。

田中　石牟礼さんがお書きになっています（笑）。すごい言葉だなと思いました。

江戸時代の人たちも一揆でいろんなことを訴えてきたし、言ってきた。それでも乗り越えられないことがたくさんあったわけです。

近代になると望みが叶ったり、良い状態になったのかと。そういうことはなくて、近代社会も良いものを潰してきた。そうするとますます分からなくなってきました。

時代が進むと、より良い時代になるという考えがあります。進歩史観と言われるものです。でも、そんなことはなくて、制度上は民主主義になったけれど、実際に暮らしている人たちは自分たちの声が届かなくなっている。そういう人が多いし、それこそ「偉か人たち」が、分かろうとしないことも見えてきました。

戦後社会はどうなったかというと、貧富の差が広がりました。声が届かない人たちにとって、声を届かせる方法って何なのだろうと、多くの人が考え始めています。

政治家に投票しても、どうも駄目だと、分かりはじめている。だからデモをやる。デモをやっても「大きな音がするな」となって届かない。

声が届かないということを考えた時、水俣病の患者さんたちの運動や石牟礼さんの文学は、その声を届かせてきたものだと思うんです。

石牟礼　届かせてきたんでしょうか。

田中　届きませんでしたか。どういう風に思いますか。

石牟礼　東京に座り込みに行った時、東京都民というよりは江戸の声、落語に出てくるような、江戸の庶民の声を聞きたいなあと思っていました。

田中　はい。

石牟礼　チッソ本社の中に、川本輝夫さんがやっと入れるという時、「入り込んだ」というよりは、「お世話になりにいこう」としていました。こういう言葉を残していかなければ「占拠した」って言う人も多ございましたから。

18年かかって、這うように東京に着いて、やっとチッソ本社の中に「お世話になりにきた」という風にしたんですね。

島田賢一社長がやむなく出てきましたが、その後、島田社長の血圧があがって、お医者さんを連れてきたんです、幹部たちが。

お医者さんが「即刻、病院に連れていかないといけない」とおっしゃるんです。部屋から社長が連れていかれる時、川本さんが「社長、おるげの親父は畳もなか板の間で、明日食う米もなく、一人で死んだぞ。そういう暮らしがわかるか、社長」って言って、涙をはらはらと流すと、その涙が社長の顔に落ちたんです。患者さんたちは一斉にしゃくりあげていました。チッソの幹部たちには何の反応もありませんでしたが。

島田社長は後で、秘書のような人に、チッソの経営権は水俣病の患者さんと労働組合にわたすと書いたメモを渡していたそうです。これは後から聞いた話でしたが。

田中　島田社長は何かを感じとってらした。

石牟礼　はい。川本さんの涙をうけて感じられたのだと思います。西田工場長は「自分は罪人だ」「墓にも名前を書いてくれるな」と言い残して亡くなられました。水俣フォーラムの人たちは、時々お墓参りに行かれているそうです。

田中　ただ抗議をするというだけでは、そういう分かり方、理解の仕方はなかったでしょうね。

石牟礼　なかったと思います。

初めてチッソの会議室に入った時、布で織った立派な椅子が置いてありました。患者さんたちはおそるおそる触ってみて「よか椅子なあ、腰掛けてみてよかろうか」って言って、そっと腰掛けてみたりしてたんです。

しばらくすると、社長の血圧が上がったというんで、患者さんたちは椅子を集めて「寝台」を作って、「社長さん、これはあんたんとこの椅子で作った寝台でございます。ここに寝なはりまっせ」と言いました。

社長さんが寝なさらんうちに幹部たちが社長さんを連れていきましたが。

田中　今はそういうことができなくなりましたね。デモといったら抗議をするだけのものですし、対話とかやりとりとか、感じ合うとか分かり合うとか、反対する方もしなくなりました。

石牟礼　しなくなったんでしょうね。

患者さんたちを支援しようと集まった学生たちを、警察官が一人ずつ引っ張って連れていくんです。その時、患者さんの一人がその警察官の片足にしがみついて、「署長さん、この若者たちは、牛乳とパンで毎日寒かとこに立って、おっどんがために働いてくれて、アメ横ちいうところに行って、にしめとか、にぎりめしとか、持ってきてくれよっとばい。連れていかんでください。この若者たちのお陰で、私どもはチッソにおらるっとですばい」と、おんおん泣きなさる。警察官も、どうしてよいか分からず、立ち往生しておりました。

その警察官が署長かどうかは分かりません。でも患者さんは「署長さん」と言うとりました。患者さんたちは、支援してくれる若者たちのことを、よく見ておられました。

田中　そこに義があるのですね。対談の、一番いい締めだなと思いました。

石牟礼　こんな話しかできません。

田中　どうやったら伝わるのか、私たちは勘違いをしているところがあります。言葉で言えばいいと思っている。デモでたくさん人数を集めればいいと思っている。それだけでは伝わらないです。

2日間、本当にありがとうございました。

石牟礼　遠いところを、よくお訪ねくださいました。

田中　ご体調がお悪い中で。

石牟礼　いえ、この2日間は無事でございました。

田中　調節してくださったのですね。着物も着てくださって。

石牟礼　私も着物にしようかなと思いはじめました（笑）。

（2012年8月22日）

対談❶、❷の原稿はともに、『週刊金曜日』（2012年11月2日号）の「毒死した万物の声に身悶える」に未載録部分を追加し、編集し直したものです。

田中優子（たなか　ゆうこ）・江戸文化研究者。『週刊金曜日』編集委員。法政大学総長。著書に『江戸の想像力』（ちくま学芸文庫）、『近世アジア漂流』（朝日文芸文庫）など。最近の共著に『日本問答』（岩波新書）。

道子さんが逝ってしまった。

写真／文　宮本成美

1996年3月31日
天草にて

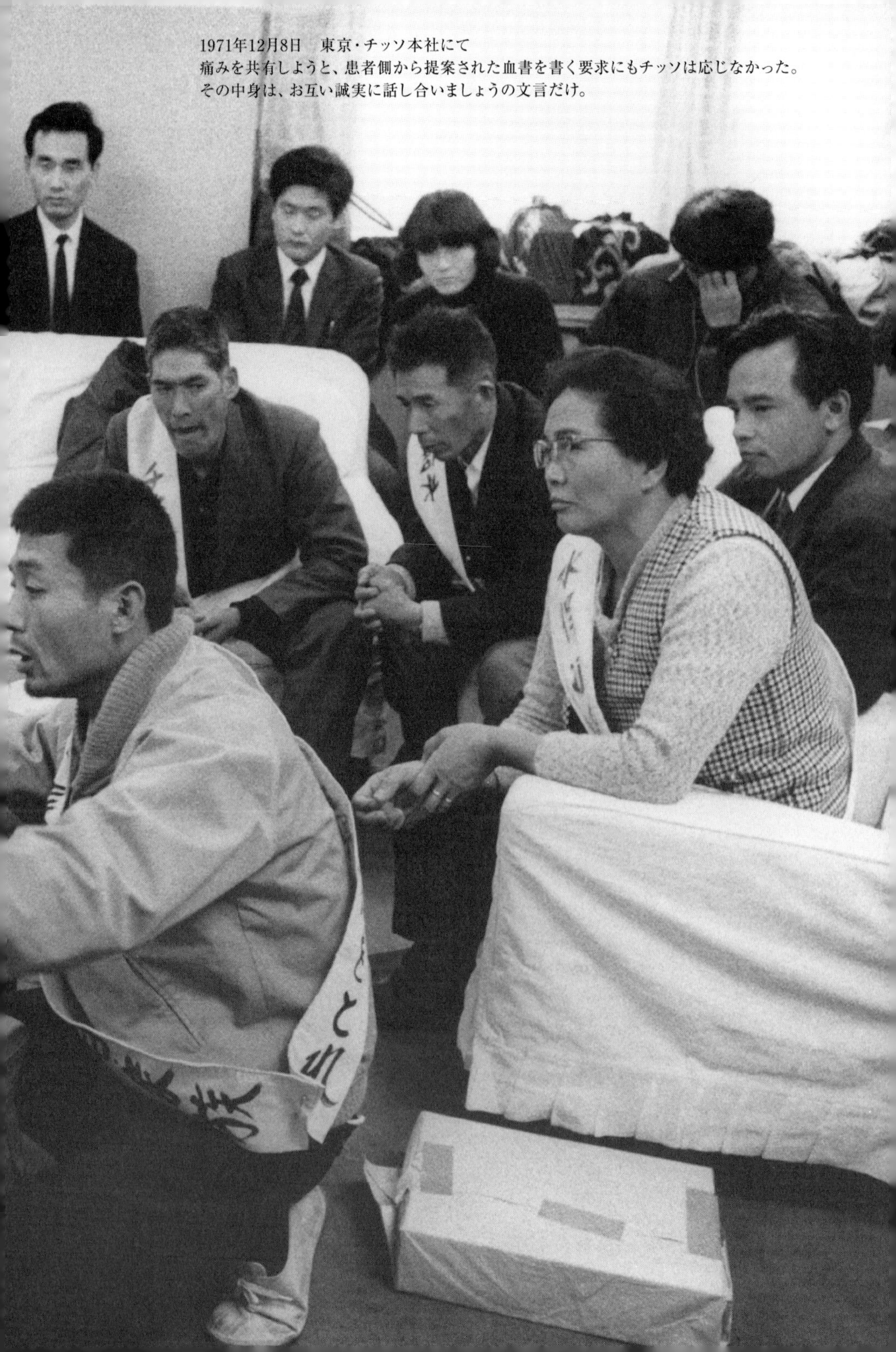

1971年12月8日　東京・チッソ本社にて
痛みを共有しようと、患者側から提案された血書を書く要求にもチッソは応じなかった。
その中身は、お互い誠実に話し合いましょうの文言だけ。

水俣
水俣

1971年1月27日　青林舎にて　東京告発の集会
日本の辺境から出てきたこの女性の、何とも言えない魅力に、みな引き寄せられた。

1972年2月　東京告発の街頭デモ

1990年6月
苦界浄土から脚本化した「天の魚」。故砂田明が、全国・海外も合わせ556回公演。
現在、ふたりの役者が引き継いでいる。

2018年4月20日　水俣・親水公園にて　緒方正人とお地蔵さん
軽くお地蔵さんに手を合わせた正人さんが、海を振り返って教えてくれた。
道子さんが言っていたヒカリ凪たいね〜。キラキラした穏やかな海。

1971年12月20日　チッソ本社内にて
この4日後、患者と支援者は、チッソの労働者により、冬の路上に抛りだされる

1988年6月　芦北・女島　常世の船

道子さんが逝ってしまった。

「……それは、多くの若い人たちが、集まってくれましてね、カンパや支援に。含羞に満ちた顔で、ニコニコ立ってくれてくれたんですよ」

１９７０年代初めの激しかった東京行動を振り返り語りながら話す、道子さんのコトバを聞いたことがある。71年12月8日から始まる、川本輝夫さんたちを中心とする対チッソ自主交渉の座り込み行動は、多数の若者たちを引き付けた。そしてその行動は、それまでの都会の街頭闘争や学生運動とは、確かに違う質を持っているように感じられ、都会の住人達にも受け入れられていた。「含羞を湛えた青年たち」は、しかし、石牟礼さんたちが言葉と文により作り出した者たちであったと、遅ればせながら私は確信している。そして、そのことへの責任＝罪を、道子さんは、自覚しているように思えた。

「祈るべき／天と思えど／天の病む」

この句をどう解釈するかについては、いろいろ説はあるだろうが、私は、初めの五文字が気になる。祈るという以上、「ともに」という気持ちが、どこかに付いているはずだ。人と人の関係の中で（人間＝じんかん）人は人になり、いつか生き詰まり、祈る必要が出てくる。それは、「人とは何か？」の疑問に、答えられないからではないか。明らかなことは、この問に答えがないことであり、そのことはある意味自明であるとすれば、道子さんは、この句で「天」をバッサリ切り捨てている。道子さんは、しかし、それでも祈らずにはおられない。自らの悲しみに殉じて。天を持たない我々が、「ともに、祈る」時、隣に、誰が、何がいてくれるのか。水俣病事件とは、そこに関わるモノにこのような自覚を求めてくるのかもしれない。

水俣で、「おろおろ神」の話を聞いたことがある。何の力も知恵もないが、困っている人や事を見ると心配で、じっとしていることができずオロオロされきまわるそうだ。道子さんは、ご自分と患者さんの関係をこの「おろおろ神」になぞらえて話していた。間違った言い回しかもしれないが、道子さんは、言葉が生まれる以前の世に、身を置けた人ではないか。その世と現代社会の狭間のキワキワに立って、私たちが使う言葉＝関係性を紡ぎ直し織りなおして、美しい文学として届けてくれたのではないか。と考えると、道子さんが若者たちに語った「もう一つのこの世＝じゃなかしゃば」の在処も判るように思える。

宮本成美（みやもと　しげみ）・写真家。著書に『まだ名付けられていないものへ　または、すでに忘れられた名前のために　宮本成美写真集』（現代書館）など。

追悼　石牟礼道子
毒死列島　身悶えしつつ

2018年7月18日　初版発行

著　者　石牟礼道子　田中優子　高峰武　宮本成美
発行人　北村肇
発行所　株式会社金曜日
〒101-0051　東京都千代田区神田神保町2-23　アセンド神保町3階
URL　http://www.kinyobi.co.jp/
（業務部）　03-3221-8521 FAX 03-3221-8522
Mail　gyomubu@kinyobi.co.jp
（編集部）　03-3221-8527 FAX 03-3221-8532
Mail　henshubu@kinyobi.co.jp

印刷・製本　精文堂印刷株式会社

価格はカバーに表示してあります。
落丁・乱丁はお取り替えいたします。

printed in Japan
ISBN978-4-86572-030-3　C0036